筑摩選書

藤井淑禎
Fujii Hidetada

乱歩とモダン東京

通俗長編の戦略と方法

乱歩とモダン東京

通俗長編の戦略と方法　目次

乱歩とモダン東京

通俗長編の戦略と方法

第1章

通俗長編と『探偵小説四十年』

通俗長編への低評価

乱歩ミステリーは、大きく見れば、三つの時期、三種のミステリーに分類できるが、一般的には乱歩というと、初期の本格ミステリーと晩期の少年探偵団ものばかりが注目されて、中期の通俗長編はともすれば軽視されがちであった。理由の一つは、日本の文学批評・研究に特有の大衆もの蔑視の風潮にあるが、さらに大きな理由は、乱歩自身がこれらの作品に否定的な評価を下し続けたところにあった。

乱歩評価・乱歩文学研究は、これまで乱歩自身の自己評価に振り回されてきたが、中期の通俗長編の場合は、その典型であり、最大の被害者であったと言ってもいい。乱歩自身の自己評価の代表的作品である『探偵小説四十年』（一九六一年）では、通俗長編に触れた節の見出しは「初めての講談社もの」であり、本格ミステリーに行き詰まり、「自暴自棄」になって出版社の口車に乗って「ヒョイと書く気」になって書いたのが一連の通俗長編であったと述べている（乱歩文の引用は原則として光文社文庫版全集より。以下同様）。

そしてそれらが好評を博し、「全国的に筆名を知られるようになった」頃のことを回顧した「虚名大いにあがる」の節では、大衆的人気は博したものの、作家仲間や友人、インテリ読者からはひんしゅくを買い、「一方で大いに気をよくしながら、一方で極度に羞恥を感じるという、手におえない惨状に陥っていた」と告白している。

これら一連の通俗長編は、関東大震災後の都市生活のモダン化と大衆社会状況とを作中に巧みに取り込むことで大衆読者の喝采を博したというプラスの面もあったにもかかわらず、こうした乱歩の自己評価を真に受けてしまうことで通俗長編の軽視ないしは黙殺が文学史的常識となってしまったのである。

文学批評や研究において作者の自己言及をどう相対化するかは永遠のアポリアだが、とりわけ乱歩の場合は、自己言及の網の目が幾重にも張り巡らされていて、相対化にはそうとうな困難がともなう。何よりもこの『探偵小説四十年』が大変なくせものなのである。よく知られているように、これ自体は雑誌『新青年』『宝石』への連載（一九四九〜六〇年）をまとめ、一九六一年七月に千部限定で桃源社から刊行されたものだが、ここに至るまでには壮大な前史があった。乱歩研究と『探偵小説四十年』、という問題は大変重要なので、ここで簡単に整理してみることにしよう。

『探偵小説四十年』の成り立ち

乱歩のこの種の試みは、一九三二年の「探偵小説十年」(平凡社版『江戸川乱歩全集 第一三巻』)にまで遡ることができる。これは同年四月までの著作や出来事をまとめたものだが、これに続くのが新潮社版『江戸川乱歩選集』の第一巻から第九巻まで(一九三八〜三九年)の巻末に連載された「探偵小説十五年」であり、先輩作家の思い出や三二年から三七年までの著作、出来事についてまとめている。そして乱歩はこの二つの掲載ページを合綴《がってつ》して、「探偵小説回顧」という自製本まで造っている(一九四一年四月)。

次に「探偵小説〇〇年」という自伝が再開されるのは一九四九年だが、それに先立って乱歩は戦時中に、これと似たような「貼雑年譜《はりまぜ》」という自製本を造っている(一九四一年四月。「江戸川乱歩推理文庫」特別補巻として復刻、一九八九年)。自分に関する記事や広告、手紙などを整理し、そこに整理時点での書き入れを加えた二冊の大部な(天地二九・八センチ、左右四三・八センチ、厚さ各約四センチ)自製本である。乱歩はこの、スクラップの整理と書き入れという「貼雑年譜」のための作業を、前掲「探偵小説回顧」の巻末の文章を書き終えて(一九四一年一月七日)からさらに序と追記を書く(一九四一年四月一八日)までのあいだにおこなったと述べている（『探偵小説四十年』「隠栖を決意す【昭和十三・四・五年度】」）。

もちろん、この時点で乱歩がこの先のことを見通せたわけではないが、「探偵小説回顧」を造り、「貼雑年譜」をまとめた四〇年暮れから四一年四月にかけて、乱歩が異常なまでの集中力でこれまでのみずからの作家的人生の総決算を突貫工事でやってのけたことはまちがいない。

もしこの総決算が一抹の死の予感に囚われてのことだとしたら（「戦争が終るまで探偵小説は書けないというあきらめと、それまで生きているかどうかわからないという気持」と、一九五五年時点で書いている――「隠栖を決意す【昭和十三・四・五年度】」）、それは結果的に杞憂に終わったわけだが、ここでは「大変なくせもの」としての『探偵小説四十年』、乱歩研究を翻弄し続けてきた『探偵小説四十年』について、その成り立ちの整理をもう少し続けてみることにしよう。

前述のように「探偵小説〇〇年」が再開されるのは、一九四九年のことであった。ここからが後の『探偵小説四十年』の本体にあたる部分で、今度は「探偵小説三十年」というタイトルで『新青年』一〇月号から連載が開始された。この連載は『新青年』が廃刊となる五〇年七月号まで続き、そのあとは『宝石』に場所を替えて五一年三月号から再開された。ここでの「探偵小説三十年」というタイトルでの連載は五六年一月号まで続き、その間には、

『探偵小説三十年』というタイトルで四九年一〇月号分から五四年七月号の前半部分までがまとめられて五四年一一月に刊行された（岩谷書店）。

最後の連載開始は五六年四月号から。これまでと同じ『宝石』誌上で、タイトルは「探偵小説三十五年」と改められた（〜六〇年六月）。五六年時点では「三十五年」でよかったが、結局六〇年まで続いたので『探偵小説四十年』と改題され、六年前に刊行された『探偵小説三十年』をも吸収するかたちで前述のように六一年七月に桃源社から刊行された。

『探偵小説四十年』の執筆時期問題

以上が今われわれの手元にある『探偵小説四十年』の来歴だが、成り立ちからして大変な、増築に次ぐ増築を重ねてきた自伝であることがわかる。後述するように、自伝の常として建前なのか本音なのかという真偽問題はもちろんあるのだが、『探偵小説四十年』の場合はそれ以前に、増築に次ぐ増築が招いた「時期問題」がわれわれの前に立ちはだかっている。簡単に言えば、この発言はいつ頃の考えなのだろうか、ということに注意を払いつつ読んでいかなくてはならないのである。ただし、増築を重ねただけの単純な「時期問題」であれば、前半部分の考えは〇〇年頃のそれであるのに対して、終盤部分は××年頃のそれ、ですむわけだが、『探偵小説四十年』の場合はそういう単純な書かれ方にはなっていない。

いろんな時期のみずからの文章や書き入れ、手紙、他人による評、記事などがアトランダムに引用され、連載時に書かれた地の文でそれと対話したり異を唱えたりして（「今から十五年前のこの文章を読むと、現在では身を以っては同感できない」などといったように――「中絶作「悪霊」」の節）、パッチワーク状の混沌とした出来上がりとなっているのだ。

ここまで見てくれれば、乱歩研究における『探偵小説四十年』の厄介さというものがおわかりいただけるだろう。『探偵小説四十年』ひとつあれば論文が一丁出来上がり、といっていいほど乱歩研究において『探偵小説四十年』は濫用されているにもかかわらず、その『探偵小説四十年』自体は、他に類がない複雑な「時期問題」、構成問題を抱え込んだ作品だったのである。『探偵小説四十年』の年度ごとにまとめられた見出しページに、いちいち「この章〇〇年上期執筆」などといった、地の文の執筆時期を明示する書き込みが加えられているのも、こうした執筆時期問題に対する乱歩の意識なり自覚のあらわれとみることもできよう（図1－1）。

それでは、前述の乱歩の自己評価の低さの犠牲となって埋没することになった中期の通俗長編は、この時期問題とどう関わっていただろうか。つまり、乱歩自身によるそれらへの否定的評価は同時代のものなのか、後世のものなのか、という点が明らかにされなくてはならないのである。

129 昭和四年

生きるとは妥協すること【昭和四年度】（この章昭和二十八年上期執筆）

昭和四年の主な出来事

【三月】平凡社「ルパン全集」を発表す。

【四月】一日、小酒井不木氏逝去、二日葬儀に列するため名古屋に赴く。

【四月】世界大衆文学全集の私の受持ち「ポオ・ホフマン集」出版。

【五月】改造社「小酒井不木全集」を発表す。

【五月】改造社「日本探偵小説全集」を発表。

【五月】博文館「世界探偵小説全集」を発表。

【六月】処女随筆集「悪人志願」を出版す。

【六月】春陽堂「探偵小説全集」を発表。

【七月】平凡社「世界探偵小説全集」を発表。

【七月】自営旅館下宿「緑館」の増築に着手す。

【七月】初めて講談社の雑誌に執筆を諾し、「講談倶楽部」に「蜘蛛男」の連載をはじむ。

【七月】より八月に亘り、鎌倉大仏の辺に家を借り家族と共に避暑す。

【十二月】より翌年一月にかけ、「時事新報」に中篇「何者」を連載す。

この年、早稲田犯罪学大学なるもの設立され、私も強いられて教授の名に連なる。この年後半期より内外同性愛文献の蒐集をはじむ。

探偵小説出版最盛の年

右の列記でもわかるように、この年は平凡社のルパン全集を皮切りに、改造社の小酒井不木全集、同じく日本探偵小説全集、博文館、春陽堂、平凡社それぞれの探偵小説全集と、探偵小説関係の全集だけで六種も並んで出版されるという盛況であった。このほかに前年から刊行されていた改造社の世界大衆文学全集には、探偵小説関係のものが二十一冊も含まれていたので、一層賑かさを加えたわけである。

小酒井不木全集を除いては、いずれも菊半截の小型本全集で、定価も五十銭という廉いものであったが、各社の探偵小説全集はいずれも二十巻乃至二十四巻の大部のもので、毎月二冊ずつの予約配本であった。そして、どれも中絶することなく、大略一年間で、全巻の配本を了した。四社或いは五社の全集が競合したので、一種当りの売れ行きは、多いときで、一冊二、三万を出でなかったが、各社のものを合計すれば、初めの方の配本では、毎月二十万冊以上の、小型探偵本が消化されたわけで、私の探偵作家生活三十年の間に、こんなに探偵本が出版され、売行きの点でも好成績を収めたことは、あとにも先にも例のないことであった。探偵本のブームは、その後も二度ほど起っている。木々小栗両君が出た昭和十年前後と第二次大戦後の昭和二十二年ごろから二三年の間がそれである。しかし、両度とも一流大出版社は余り手を出さなかったし、殊に戦後のブームは、大出版社がまだ立ち直らず、群小弱体出版社の企画ばかりだったので、出版の種類は多くても、一種当りの発行部数は知れたものであった。

〔昭和三十五年追記。現在ではこの文章は訂正しなければならない。昭和三十二年の末、仁木悦子の長篇単行本「猫は知っていた」を皮切りに、松本清張、有馬頼義などの長篇推理小説が、いずれも十数万のベストセラーとなり、その刺激によって、書下し単行本隆盛時代を招来し、毎月十数冊の推理小説単行本が出版されるという、この現在の盛況は、昭和初期のそれを遥かに越すものである〕

図1－1　執筆時期までを明示した『探偵小説四十年』の見出しページ（沖積舎刊の覆刻版〔1989年〕による）

前述のように『探偵小説四十年』では「初めての講談社もの」や「虚名大いにあがる」の節でそれは取り上げられていた。ただし「初めての講談社もの」のほうは「生きるとは妥協すること【昭和四年度】（この章昭和二十八年上期執筆）」の章に、「虚名大いにあがる」のほうは「虚名大いにあがる【昭和五年度】（この章昭和二十八年中期執筆）」の章に、というように二つの章にまたがっていたけれども。

そこで問題の、「自暴自棄」になって出版社の口車に乗って「ヒョイと書く気」になって書いた、のくだりだが、これは「昭和二十八年上期執筆」の章の中にあるものの、そこで引用された「探偵小説十年」中の言い回しであった。すなわち同時代の一九三二年の文章だったのである。これに対して、大衆的人気は博したものの、作家仲間や友人、インテリ読者からはひんしゅくを買い、「一方で大いに気をよくしながら、一方で極度に羞恥を感じるという、手におえない惨状に陥っていた」のほうは、過去の文章からの引用ではなく、「昭和二十八年中期執筆」の地の文中の言い回しであった。

要するに、執筆時期問題だけに注意して、かつこれらを額面通りに受け取るとすれば、乱歩の中で通俗長編を低く見る見方は一九三二年にはすでにあり、そしてそれは二一年後の一九五三年時点においても変わりはなかった、ということになるわけである。逆に言えば、こうした手続きも踏まずに、『探偵小説四十年』中の過去の引用文も連載時の地の文もいっしょくたにして引用・考察するような従来の乱歩研究における『探偵小説四十年』の扱い方には大いに問題があったということになる。

自己言及ものの真偽問題

乱歩自身による通俗長編を低く見る見方を『探偵小説四十年』に固有の入り組んだ執筆時期問題の観点から検討すれば以上のような結論となるが、乱歩のこの自評はそれとは別に、自己言及ものにはつねに真偽問題がつきまとう、というもう一つの観点からも検証しなおされなくてはならない。

先に、文学批評や研究において作者の自己言及をどう相対化するかは永遠のアポリアだと述べた。過去を振り返った文章には記憶の錯誤や美化がつきまとうし、現在について述べた文章ですら、建前か本音かという真偽問題がつねについてまわらずにはいない。しかも乱歩自身は、たとえば、自製本に付した手記について「全くの私記として書きのこしたものだから、文章は変だけれども、本当のことが書いてある」(『探偵小説四十年』「隠栖を決意す」の節)とわざわざ断るようなタイプであり、真偽問題にはきわめて自覚的な書き手だった。つまり、この伝でいけば、公表を前提とした『探偵小説四十年』中の記述は「本当のこと」とは限らない、ということになってしまうのである。

要するに、先の『探偵小説四十年』における通俗長編評の場合は、執筆時期問題だけでなく、真偽問題にも注意を払いながら受け止める必要がある、ということになる。

にもかかわらず、従来の乱歩研究は、そのどちらにも顧慮することなく、ただただ書いてあることを額面通り受け取ることに終始してきた。もっとも、これは乱歩研究だけの問題ではない。従来の文学研究は、過去を振り返った文章でも現在について述べた文章でも、とにかく書いてあることを絶対視して引用・考察してきたといってもいいくらいなのだから。

そうした奇異な状況を打開するためには、自己言及や自評に対して、歴史研究で言うところの史料批判（史料を利用する前にその信頼性を吟味すること）を試みるか、真偽を判定する傍証を探すしかない（これも史料批判の一種だが）ことは、ちょっと考えれば誰にでもわかることだろう。

ところが問題は、歴史研究とちがって文学研究においてはこの史料批判や傍証探しが思うようにならないことがままある、ということなのだ。実は、この乱歩自身による通俗長編軽視の場合がすでにその一例で、同時代においても後世においても一貫して軽視していたというこ とまではわかるものの、はたしてこれが本音なのか、けんそんなのか、はたまた何かに気を使ってのことなのかということになると、確信をもって言えることはほとんどない、というのが実際のところなのである。

わたし自身はどちらかというと、通俗もの軽視は乱歩の本意ではなく、本格派の同業者に気を使ってこういう言い方になった、と考えたいのだが、それも憶測の域を出ないことは言うまでもない。通俗もの軽視は稀代の常識人乱歩の本音だった可能性だってなくはないからである。

しかし、確信をもって言えることはほとんどないとしても打開策はある。史料批判なり傍証探しがうまくいかない場合でも、あるいはいい加減な推測しかできない場合でも、相手が文学作品である場合は、それを読み、評価することで、その価値を確定できるからである。そうなれば、もはや乱歩の通俗もの軽視が本音なのか、けんそんなのか、などということはさほど問題にならない。作品の価値を見極めるのはつまるところわれわれ読者なのであり、そして本書が試みようとしているのも実はそうした作業にほかならないからである。

第2章

あこがれの文化アパート

明智の住まい変遷史

詳細な転居歴を「貼雑年譜」中に間取りなどの図入りでまとめた乱歩にならって、われらが名探偵明智小五郎の転居歴、すなわち住まいの変遷史を通観してみると、予想以上に整然とした変遷をたどっていたことがわかる。

整然と、というのは、明智の個人史からみても、世の中の動きとの関連でみても、実に納得のいく変遷ぶりである、という意味にほかならない。たとえば書生＝遊民時代の明智は煙草屋の二階に間借りし、その四畳半は書物で埋まっていたわけだが（『D坂の殺人事件』一九二五年）、これは言うまでもなく、個人史的にみて納得、の例だ。

また、のちに明智は、高級アパートやモダンな一戸建てに転居することになるが、これらの例は、震災復興いちじるしいモダンな「世の中の動き」を如実に反映している。もっともこれらは明智の社会的地位の上昇をも反映しているわけだから、個人史的にみても納得、ということにもなるが。

ここでいくつかの作品から抜粋しながら明智の転居歴を書き出してみると、その最初はすでに紹介した書生時代の煙草屋の二階だ。次に『屋根裏の散歩者』（一九二五年）では、明智のもとを訪ねる主人公の描写はあるものの、住まいについての具体的な記述はない。これが『一寸法師』（一九二六〜二七年）では、赤坂の菊水旅館に滞在しており、しかも、しばらく上海に行っていて、半年ほど前に帰国したばかり、ということになっている。

このあとしばらく明智の作品への登場はないが、それというのも、三年ばかりまた外国に、それも「支那から印度の方へ」（『蜘蛛男』一九二九〜三〇年）旅をしていたからであり、『蜘蛛男』ではその明智が「今朝東京へ着いたばかり」というあわただしさで捜査に加わることになる。

この時の明智の住まいはここでは明かされていないが、のちに「彼は『蜘蛛男』の事件を解決して間もなく、不経済なホテル住居をよして、ここのアパートへ移ったのだが」（『黄金仮面』一九三〇〜三一年）と明かされることになる。『一寸法師』の時の赤坂の菊水旅館同様、旅（それも海外）が多くてなかなか腰を落ち着けることができなかったがゆえのホテル住まい、というのがこの頃まで続いていたということだろうか。

その明智が満を持して（？）、あるいは意を決して（！）、転居したのが、お茶の水の開化アパートだったのである（『吸血鬼』一九三〇～三一年、『黄金仮面』、『魔術師』一九三〇～三一年）。仮住まいにおさらばして、というわけだが、モダンなアパート暮らしもそこそこに、このあと明智は意外に早くいわゆる一戸建てに転居することになる。しかも、そこには思いもよらぬ同居人があった。

明智小五郎は「吸血鬼」の事件の後、開化アパートの独身《ひとり》住いを引払って、麻布区龍土町に、もと彼の女助手であった文代さんという美しい人と、新婚の家庭を構えていた。

（『人間豹』一九三四～三五年）

しかし龍土町の一戸建てが作中に登場する期間は長くはなく、少年探偵団ものの一つである『妖怪博士』（一九三八年）までであり、戦後の『青銅の魔人』（一九四九年）では千代田区に事務所を構えていたことになっている。これが『虎の牙』（一九五〇年）になると、自宅と事務所を兼ねたと思われる二階家が登場し、さらに『兇器』（一九五四年）では何と文代さんは療養所暮らしへと追いやられ、そのせいもあって住まいと事務所も麴町アパートへと移り、明智の世話は例の小林少年がしている、という設定になってしまっている。

煙草屋の二階に始まり、お茶の水の開化アパート、龍土町の一戸建てなどを経て晩年の麴町アパートへと続く明智の住まいの変遷史は、みてきたように、個人史的にみても、世の中の動きとの関連でみても、十分にうなずける設定になっているといえよう。したがって、そのひとつひとつがそれなりに魅力的であることは疑えないが、そのなかでも大衆読者の関心をひときわ強く引き付けたものはどれか、といえば、まずはお茶の水の開化アパート、そしてそれに続くのが龍土町のモダンな一戸建てだったのではないだろうか。

開化アパートと文化アパート

ところでこのお茶の水の開化アパートに関して、松山巖は『乱歩と東京』（一九八四年）の中で、これが、森本厚吉率いる文化普及会がお茶の水に建設した最新式の「文化アパート」（一九二五年）のことであると指摘しているが、重要なのは、作品発表当時の読者、すなわち同時代読者もそのように両者を結びつけたかどうか、という点だろう。

結論から言うと、その可能性はかなり高い。というか、ほぼまちがいなく重ね合わせたものと思われる。建築史的にみても、この森本の文化アパートは浅草十二階やお茶の水のニコライ堂、丸ビルなどに匹敵する著名な建築物だが、当時の東京案内書にも必ずと言っていいほど紹介されている。今和次郎編集で知られる『新版大東京案内』（一九二九年）も、関東大震災後に多く建てられた同潤会アパートや庶民向けの共同アパートに対置させる形で、「お茶の水の文化アパートメントハウス」に言及している。

一面から見ればそれは余りに高級な生活で、一般化は困難だが、人間としての完全な能率生活を発揮せんための住居と言ふ問題からは、注目していゝものであらう。そこには純洋風の生活が展開されてゐる。

最新式の鉄筋コンクリート造りアパートでもコルクの下敷きの上にござを二枚重ねて敷き込むという形で和室の趣を残していた時代に、「純洋風」を実践したことからもわかるようにその尖鋭性は並大抵のものではなかったようだが、またそれゆえに一種の東京名物、モダンライフの象徴として広く知られることにもなったのだった。

いま手元にある青山光太郎編、東京商工会議所内・東京土産品協会発行の『大東京の魅力』（一九三六年）という珍書にも、「アパート」の項の筆頭にこの文化アパートが「文化アパート（本郷元町一ノ一三）このアパートは最も高級なるものとして知られてゐます」と紹介されている。

同様の捉え方は文化アパートを「有産者中のアパート愛好者を対象とするもの」と分類し

た清水一の「アパートメントハウス」（『高等建築学』第十四巻、一九三三年。紅野謙介編『コレクション・モダン都市文化　第十八巻　アパート』二〇〇六年、所収）にも見られ、そこでは「一定の経費で出来るだけの文化的施設と都市生活を享受せんとする一部有産者のためのものである。我国の一例は文化アパートである」、「我国アパート中最も高級なる部類に属するものにして」などと説明されている。

いずれにしても、『新版大東京案内』や『大東京の魅力』のような東京案内書は当然のことながら東京と同じくらい地方でも重宝されたものなので、このアパートの存在は、東京のみならず地方においてもかなり広く読者に知られていたものと考えられる。しかも同じ御茶の水でもあるので（この地域には著名なアパートはほかにない）、「開化アパート」から「文化アパート」への連想はごく自然におこなわれたとみていい。

お茶の水の文化アパート

ところでこうなると気になるのはその外観やら間取りだが、後者は西山夘三の『日本のすまいⅠ』（一九七五年）に図入りで詳しく紹介されている（図2-1）。地下一階、地上四階からなり、延八三七坪。地下は車庫となっており、一階部分はアメリカ式に地階（グランドフロア）と呼ばれ、店舗、食堂、宴会場、カフェがあった。住まいは、一、二、三階（欧米式）

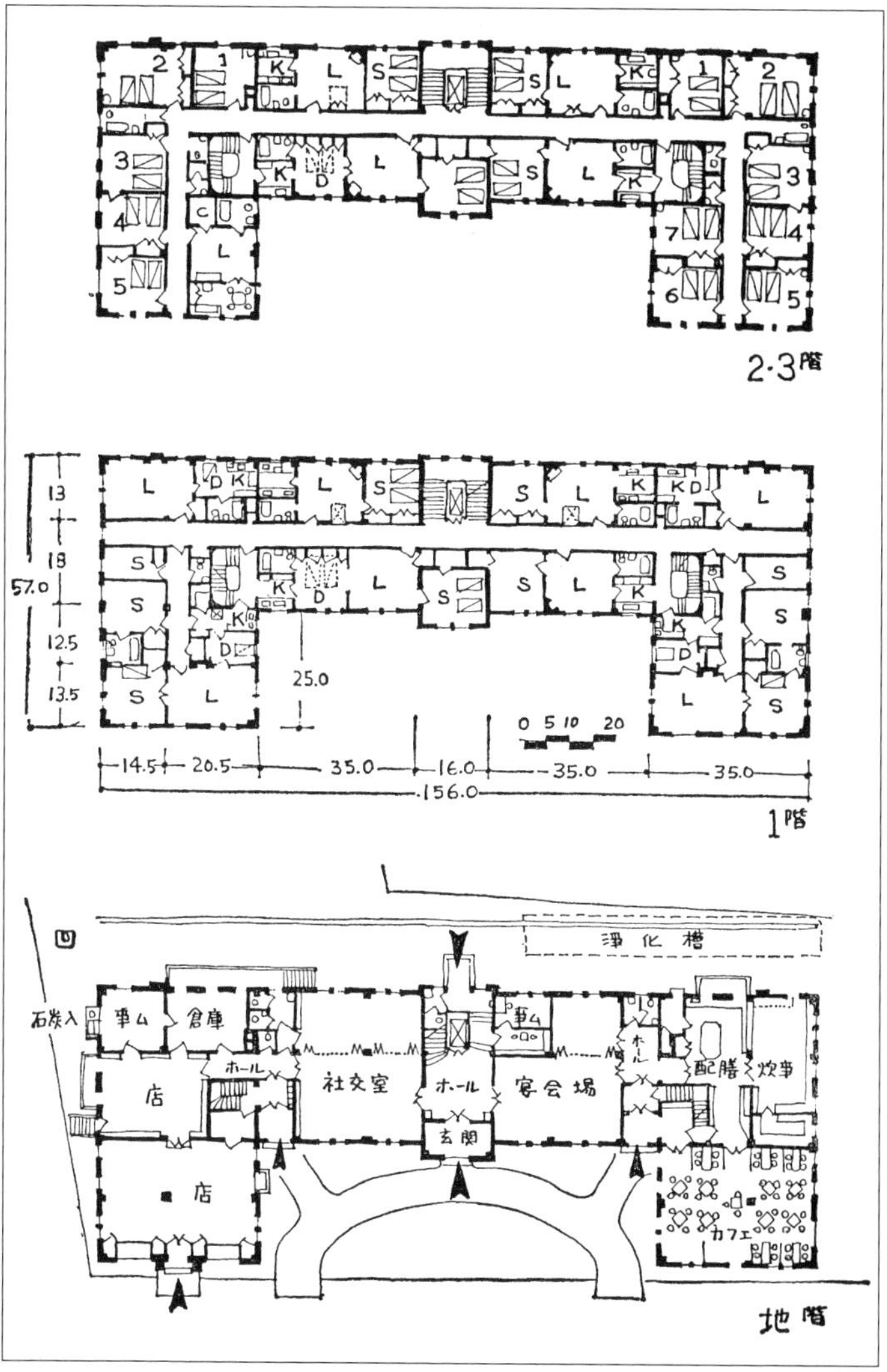

図2－1　お茶の水の文化アパートの間取り（西山夘三『日本のすまいⅠ』1975年）

に合計四二戸一〇三室設けられ、一室だけの狭いものから七室もある広いものまであった。中廊下をはさむかたちで各戸が並んでおり、エレベーターも完備していた。内部は純洋式で、バス・トイレ、家具一式、ベッド、寝具、机、テーブル、椅子、卓上電話、ガス調理台、ストーブ、流しなどの設備があり、掃除はメイドがおこない、クリーニングの手配もメイドがしてくれる仕組みになっていた。門限は一〇時だが、各人がキーを持ち、各戸には内側に防犯錠も付いていた。

純然たるアメリカ式のアパートと言ってよいが、近代的なアパートの普及運動を進めていた森本厚吉が設立した文化普及会の理念に基づき、住宅難の中流階級に能率的で実用的なアパートを提供する、という目的のもとに造られたものであった。設計はアメリカ人のヴォリーズ（W.M.Vories。のちに帰化）で、「スパニッシュ・ミッション・スタイルの鉄筋コンクリート造」（同書）であったために坪あたりの建設費は三二二円もかかり、家賃は平均で一二〇円から一五〇円にもなったという。そのせいもあって入居者は外国人と文化人が大半を占め、「住宅難の中流階級に」という当初の目論見は必ずしも実現はされなかったようだ。

それよりも気になるのは外観のほうだ。『日本のすまいI』には「当初の設計図より描いたもの」としてその外観のスケッチも載っているが（図2－2）、やはり写真を見てみたい気がする。実はこの文化アパートは第二次大戦後も、というか驚くべきことに一九八六年まで

図2－2　お茶の水の文化アパートの外観スケッチ（西山夘三『日本のすまいⅠ』1975年）

健在で（高層住宅史研究会『マンション60年史』一九八九年）、修学旅行用の宿舎として利用されていた。

お茶の水と水道橋を結ぶ外堀ぞいの真ん中あたりの、以前は都電も走っていた道路（外堀通り）沿いの五階建ての日本学生会館がそれで、わたし自身、泊まったことはないが、母体の旺文社の受験雑誌誌上の広告で見た覚えがあるし、上京してからはそれこそ何度となく遠くからだが見ている。かつては中央線や総武線の利用率は高かったから、戦前戦後を通して似たような体験をお持ちの方は少なくないのではなかろうか。

話を元に戻すと、したがって学生会館時代の写真は珍しくないが、見たいのは昭和初年代、明智がそこに居を構えた頃のそれだ。しかし期待して繙いた『大東京写真案内』（一九三三年）には、何とそのすぐ隣までしか写ってない「水道橋鳥瞰」なる一枚しかなくて、落胆することしきり。しかもそのキャプションにはお目当てのものは写ってないにもかかわらず「角が府立の工芸学校、そのお隣りが第一商業学校、近く東京一と称するお茶の水文化アパートがある」とあって、いっそう気落ちさせる。

それでも気を取り直していろいろ見たところ、いつも何かとお世話になっている『日本地理風俗大系2　大東京編』（一九三一年）中に、「お茶の水橋」というタイトルの、水道橋とは逆の聖橋がわからお茶の水橋を遠望した写真を見つけた。しかし、キャプション中に「右手の高い建物はお茶の水文化アパート・女高師は橋詰めにある」とあるわりには遠すぎてハッキリせず、隔靴掻痒の感が残る。この写真は東京を地区ごとに紹介した「神田区」のなかにあるのだが、ほかをパラパラめくっているうちに、同じ本の始めのほうに置かれた「地形と地質」という節の地層を解説した部分に「御茶の水の切割」と題された写真を見つけた。この中に、キャプションには触れられていないものの、堀と鉄道線路ごしに斜め前から撮られた文化アパートの姿を、ようやく見つけることができたのである（図2－3。その後、何のことはない、『江戸東京学事典』〈一九八七年〉のなかにもあることに気づいた）。

アパートの歴史

さて、ここで少し文化アパートから離れて、我が国におけるアパートの歴史についても一瞥しておくと、生活の合理化、文化生活追求の波が住宅にまで及んだ結果、という点はいわゆる文化住宅出現の場合と同様であった。内藤一郎『アパート・ライフ』(一九三七年。前出『コレクション・モダン都市文化　第十八巻　アパート』所収)等によれば、その第一号は一九一〇年に下谷花園町に建設された木造五階建ての上野倶楽部とされている。関東大震災まではこうした木造アパートの建設が続くが、そのいっぽうで、最初の鉄筋コンクリート造りのアパートとされるのは、一九一六年以降に長崎県の端島(通称・軍艦島)に建設された炭鉱住宅であった(『マンション60年史』)。

しかしそうした流れは、一九二三年の関東大震災を契機として一変する。鉄筋コンクリート造りへ、という動きが加速するのである。文化アパートの場合も着工前に震災に遭遇し、計画の見直しを余儀なくされたが、以後はアパート建設も鉄筋コンクリート造りが主流となり、そうした流れを先導したのが一九二六年以降東京、横浜に次々に建設された同潤会アパートであった。

図2-3　文化アパート遠望(『日本地理風俗大系2　大東京編』1931年)

そうした鉄筋コンクリート造りのアパートならではの利点として、川本三郎編『モダン都市文学Ⅲ　都市の周縁』（一九九〇年）に収められた奥村五十嵐の「銀座物語」や石川欣一の「変つたやうで変らぬ東京」は、女中に気兼ねせずに貯金通帳を見ることができるアパート暮らしの「素晴らしさ」や、「鍵一つで外界と完全に絶縁し得るという一種猟奇的な特色」、「エロチシズムの雰囲気」を称揚している。

前掲の『新版大東京案内』も、従来の住宅は「いたづらに開放的」で「住むのに人手がかゝり」、「家を空にして外出」もできず、設備も非能率的であるのに対して、アパートはそれらの欠陥をカバーするばかりか、敷地の有効活用と建築費の点でも経済の原則にかなうと高く評価している。

同潤会の住宅課長と店子の新聞記者との一問一答というかたちをとった「店子と差配のアパート問答」（『現代』一九三〇年七月）でも、泥棒の心配がなく、隙間風からも解放され、女中も不要な点をありがたがる店子に対して、差配がわの同潤会は「中流階級のプチブル気分の尊重」と「経済的に」とに留意したと応じている。汲み取り不要の水槽式トイレ、鉄筋コンクリートならではの防音性、屋上洗濯場、水道電気ガスの設備、ダストシュートと、確かにそこには至れり尽くせりの文化的な生活があったと言ってよい。しかも、以上は同潤会アパートの場合であり、文化アパートの場合はさらにそれを何倍も上回る快適さであったことが想像される。

明智は『蜘蛛男』の事件のあと、「不経済なホテル住居」をやめ、また「一家を構えるよりも、この方が気楽でもあり便利でもあった」（『黄金仮面』）という理由でアパート暮らしを始めている。それも、「魔術師」事件、「黄金仮面」事件、そして「吸血鬼」事件と、三つもの事件を抱えるさなかに、であった。

もっとも転居してきたのは正確に言えば「お茶ノ水の開化アパート」だが、前述のように「お茶ノ水」というヒントもあり、読者が観光案内にも登場するほど有名な文化アパートをここに重ねて受け取ったことはまちがいない。その明智の転居が語られるのは、『魔術師』（『講談倶楽部』一九三〇年七月〜三一年五月）では『講談倶楽部』の一九三一年一月号、『黄金仮面』（『キング』一九三〇年九月〜三一年一〇月）では『キング』の一九三〇年一二月号、『吸血鬼』（『報知新聞』一九三〇年九月二七日〜三一年三月一二日）では一九三〇年一一月一日号であり、雑誌が前月発行であるとしても、読者の目に触れたのはおそらく『吸血鬼』がもっとも早い。

描かれた開化アパート

そのあたりがどのように描かれているかを、作品中で見てみることにしよう。

素人探偵明智小五郎は「開化アパート」の二階表側の三室を借り受け、そこを住居なり事務所なりにしていた。（中略）

明智は客間の大きな肘掛椅子に凭れて、好物のフィガロという埃及《エジプト》煙草を吹かしていた。（中略）一足先に廊下へ出ようとした三谷が、ドアの下の隙間から、一通の封書が覗いているのを発見した。

（『吸血鬼』）

椅子やドアなど部屋の様子がうかがえる部分も引いてみたが、これよりわずかに遅れて読者の目に触れることになった『黄金仮面』では、おもては川に面した電車通りであるといった情報も加わって、現実の文化アパートとの重ね合わせもいっそう容易になる。玄関の番人であるとか、アパートの「小使」・「事務員」、食堂からコーヒーを運んでくるボーイなど、勤務者たちの様子も描かれている。夜の一〇時なのに二階は隣室以外は留守、というのも「都会人」たちの生態が垣間見えて興味深い。ここでは明智の借りているのは「表に面した二階の二た部屋」となっているが、他の二作では三室である。

三番目の『魔術師』になると、そうとう詳しく暮らしぶりが描かれている。

借り受けているのは、表に面した二階の三室で、客間、書斎、寝室と分れているのだが、彼は今その書斎の、大きな安楽椅子に、グッタリと身を沈めて、彼の好きな『フィガロ』という珍らしい紙巻煙草を、しきりと灰にしていた。（中略）「開化アパート」の書斎にも、外遊の間、友人に預けて置いた蔵書を取寄せ、四方の壁を隙間もなく棚にして、内外雑多の書籍を、ビッシリ並べている。

そればかりでなく、書籍の山は、デスクの上や安楽椅子の肘掛け、電気スタンドの台の上、ジュウタンの床にまで、侵出しているという有様だった。『魔術師』にはほかにも、デスクの置時計、客間のドアに来客のノック、スチームの暖房装置、書斎の卓上電話など、暮らしぶりをうかがわせる描写が数多くある。

『日本のすまいⅠ』が指摘するように、「地階」というのは欧米流の「グランドフロア」、すなわち日本式に置き換えれば一階のことなので、作中の「二階」が欧米式（日本式の三階）なのか日本式の二階なのかはっきりしないが、前出図2－1を見ていただければわかるように、どちらにしろ電車通りがわは七部屋タイプや個室を除くと2Kか3Kなので、三部屋も二部屋も、どちらもありえなくはない。ただ、明智はまだこの時点では例の文代さんと結婚していないので、その点から言えば、『黄金仮面』の設定（2K）のほうがふさわしいかもしれない。

〈あこがれ〉の的としての開化アパート

こうした「純洋風の生活」(『新版大東京案内』)のハイカラぶりが読者を圧倒し、羨望の念をかきたてたであろうことは容易に想像できる。しかも作中の開化アパートと現実の文化アパートとを重ね合わせた同時代読者は、たとえその前の道は歩かずとも、市電や総武線の車内から遠望される「明智のアパート」に必ずや、まぶしげなまなざしを向けたにちがいない。その種の事実性、現実との地続き性、装われた実話性は、大衆もの成功の重要な要素の一つなのである。

そしてこれと並んで通俗ものや娯楽ものの成否を左右するのが〈あこがれ〉という要素の有無であるのは、たとえば菊池寛の通俗小説の作中人物の常連である華族や成金富豪の暮らしぶりなどを想起してみてもわかる。通俗娯楽性が〈あこがれ〉の度合いの関数であるのは、古今東西を問わず共通している。大衆読者の抱く〈あこがれ〉の念が作品世界を燦然と光り輝くものにするのだ。その意味で、事実性と〈あこがれ〉性とを兼ね備えた乱歩の通俗長編が大成功をおさめたのは当然の結果でもあったのである。

このように開化アパートの設定はいくつかの必然性に導かれたものだったが、所在地という点からみてもここが通俗長編の展開にかっこうの場所であったことも見逃すわけにはいかない。震災後、都市改造の柱の一つと位置付けられたのが道路網の整備だが、その核となったのが、横浜方面からの京浜国道に接続して品川、新橋、三原橋、上野、千住へと南北に伸びる一号幹線道路（昭和通り）と、亀戸、両国から九段を経て市ヶ谷見附へと東西に伸びる二号幹線道路（大正通り。現在の靖国通り）であり、明智のアパートの前を通る外堀通りは（図2－4）、そのどちらにも簡単に出ることができた。ばかりでなく、外堀通り自体が重要な環状線でもあったわけで、左回りに行けば、四谷、赤坂、虎ノ門、新橋とたちどころに東京を一周することができる。円タクが街にあふれる時代を背景として、そうした位置と道路網

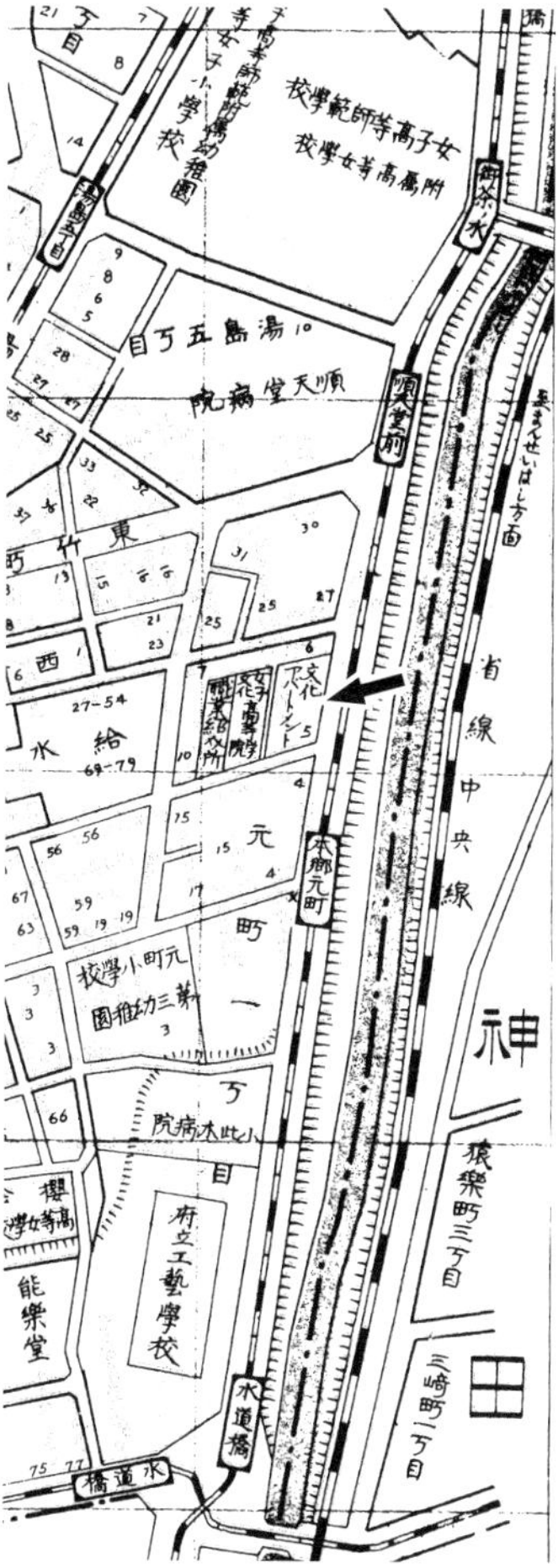

図2－4　文化アパートと市電の走る外堀通り（『大日本職業別明細図・本郷区』1928年。『昭和前期日本商工地図集成第Ⅰ期――東京・神奈川・千葉・埼玉』1987年、所収）

が通俗長編の痛快な展開を保証してもいたのである。

ここまでみてくれば震災後の一〇年余りでいかに日本人の生活全般が合理化近代化したかがわかろうというものだが、いっぽうでこの一〇年間は日本経済が大変な不景気や大恐慌に見舞われた時期でもあったことを見落とすわけにはいかない。

清張も専門とするわたしの目から見ると、『点と線』をきっかけとする清張の爆発的ブームと『蜘蛛男』以降の乱歩の大衆メディアへの進出とは相似の形で捉えられるように思う。それに少なくとも、雑誌や図書の発行数の急増に象徴されるマスコミやメディア（広く文化全般と言ってもいいかもしれない）の急激な発展ぶりはまさに「高度成長期」と呼ぶにふさわしいものであった。その高度成長の波に乗って清張も乱歩も急速に読者をふやしていったのだった。ただ、それは、あくまでも「文化」の次元でのことである。すでに述べたように経済の領域では高度成長対不景気・大恐慌といったように、両期は対照的であったのだから。その意味でも乱歩が通俗長編で世に出ていった昭和初年代という時代は不思議な時代だ。いわば経済デフレと文化インフレ（バブル）とが並存した時代なのだから。

ただ、本書のキーワードのひとつである〈あこがれ〉にとってはそうした状況はきわめて好都合な時代であったことも確かである。不況が産み出す「縉紳豪壮淫靡な生活」と「幾万のルンペン失業群の煉獄」との対照に「都会の矛盾性」を指摘しているのは『大東京の魅力』の「発刊の辞」だが、青野季吉が同じサラリーマンでさえ二種類に分かれる（『サラリーマン恐怖時代』一九三〇年）と言っていることからもわかるように、そうした一種の二極化状況がこの時期の大きな特徴なのだ。そしてそうした状況が、通俗小説の中のモダンさへの〈あこがれ〉人気をひきおこすのである。

一億総中流化の方向に向かったほんものの高度成長期における清張人気と、この時期ならではの二極化が生んだ〈あこがれ〉に依拠する乱歩の通俗長編人気とのちがいが、ここにある。しかも乱歩の場合、菊池寛らの通俗小説と同様にそのモダンさが少し高めに設定してあった。それはすでに見てきた開化アパートの例からも一目瞭然だ。

御茶の水の開化アパートによって現実との地続き性、事実性を読者にアピールし、そのいっぽうではモダンさの度合いを高めに設定することで読者の〈あこがれ〉の念を呼び起こす。いずれも見事な、通俗もの娯楽ものにふさわしい対読者戦略と言ってよいだろう。

第3章
帝都復興と昭和通り

都市改造の動き

関東大震災（一九二三年）からの復興を契機として東京は大きく変貌する。震災復興のひとまずの完成を意味する一九三〇年の復興祭、そしてそれまでの一五区八郡制から三五区三郡制へと拡張した大東京の誕生（一九三二年）が二つの大きな節目である。

昭和モダン＝大東京の時代は、その胎動期や準備期間も含めれば、菊池寛が『真珠夫人』で通俗ものへの転進をはかった一九二〇年頃からとする見方もありうるが、そうだとしたら、一九二三年の関東大震災以降の復興やモダン化ばかりを強調するのは、それ以前からすでに始まっており、その延長線上に進んだ必然としての社会変動・社会改造のより大きな動きを見落としてしまう恐れがある。

たとえば都市の変化にしても、確かに、関東大震災を契機に都市改造、とりわけ道路の拡張整備が本格化したのはその通りだが、道路整備を中心とした都市改造自体は、それ以前からすでに始まっていた。すなわち一八八八年の「市区改正」によるものを第一期事業、一九二一年の「都市計画」によるものを第二期事業として、道路の新設や拡張、さらには舗装が、計画・実行されていたのである。一九二一年の場合は、とりわけ自動車の増加への対応が急務だったが、そのあたりのことについて『帝都復興史　第二巻』（一九三〇年）はこのように概述している。

東京市としても全然之れに考慮を払はぬのではなく、遠く明治二十年頃から市区改正の計画を樹てゝ街路の改造に努力をしたのであつたが、自動車の自由な通行をなし得る道路は、非常に少なかつたばかりでなく、無数の狭い路次が多く、保安、保健、衛生、交通の諸見地から甚だ情けない状態の儘大震災を迎へたのであつた。

同書によれば、一九二一年からの第二期事業においては自動車の増加に対応してとりわけ舗装に力が入れられ、予算四千万円、七か年計画で主要街路五万二千間（約九四キロメートル）の舗装が予定されていたという（ただし震災によって区画整理事業を先行させたために舗装はあとまわしとなった）。また市内の道路の総延長も、震災復興完了時には、それまでの五五万間から六四万間に、震災による焼失地域内の道路の平均幅員も九メートル余りから一七メートル余りへと改善されたという。

要するに、とかく震災復興の結果とのみ見られがちな変貌や改良・改造が、実はそれ以前からの滔々たる流れの発展上にあることを確認しておきたいのだが、もちろんその変化を加速させたのが震災復興であるのはまちがいない。それにしても、「市区改正」から「都市計画」、さらには震災復興事業へと、つねにその中心にあったのが道路であったことは、自動車が増え続けていた時代であったことを思えば当然とはいえ、どれほど重視してもし過ぎるということはないだろう。

道路改良の歴史

ここで、そうした東京の道路改良の歴史を振り返っておくと、「震災前の東京市の街路は所謂国辱街路であつた」とまで極め付けた『帝都復興史　第二巻』は、その理由として、近代に入っても道路の大部分が「紆余曲折」「無系統」「屈曲」「狭隘」「泥濘」という近世以来の欠点を抱えたままであったことを筆頭に挙げている。狭隘さを例に取ると、中心となる表通りの幅員も一八メートルほど、そこから横に入る横町は六メートルからせいぜい一二メートルどまりで、私道である路地に至っては広くても一・八メートル、というのが近世の道路事情だった（『江戸東京学事典』一九八七年）。これとは別に広小路と呼ばれるものがあったが、本来火除地であるこれらの多くは主に広場として露店や大道芸などに利用されたので、道路事情の改善に結びつくものではなかった。

明治以降になると前述のようにいわゆる「市区改正」なるものも試みられたが、ごく一部での実施にとどまり、特に自動車の出現以降は対応の遅れが目立ち、結果として「甚だ情けない状態の儘大震災を迎へたのであつた」。しかし、よく知られているように、こと道路の整備に関しては震災は「街路の新設拡築の絶好の時機」となった。「復興計画中の最重最大の要素は実に街路の新設拡築にあつた」（同書）との認識のもとに、復興道路の計画は実行に移されていったのである。

道路整備計画の立案の際出発点となったのが、復興院による「将来は新宿に通ずべき、九段から両国橋を経て亀戸に至る幅員一五間乃至《ないし》二〇間（三六メートル）道路と、品川から銀座の東裏を経て千住方面に至る幅員一八間乃至二四間（四四メートル）道路とを、帝都を東西南北に十文字に貫く最も肝要なる幹線道路とする計画」であった。

この「十文字」計画は、一九二四年二月に復興院が復興局に衣替えして以降も、復興計画の柱であり続けた。同年三月に公示された道路計画は、幹線道路五三本、補助線道路一二二本（その他に区画整理道路と呼ばれるものもあった）からなるが、幹線道路の最初に位置付けられたのが「十文字」をなす二本、すなわち「品川八ツ山より芝口、車坂を経て千住大橋に至る」第一号幹線道路と「市ヶ谷見附より九段坂両国橋を経て亀戸町に至る」第二号幹線道路だったのである。

この二本の道路は復興が一段落した時点で他の二〇本の道路とともに東京日日新聞社主催により名称が懸賞募集され、第一号が昭和通り、第二号が大正通りと命名され（一九二九年一〇月）、「代表的模範道路」（『帝都復興史　第二巻』）として昭和天皇の帝都巡幸のルートともなった。同書には、「代表的道路視察記」として、工事中の昭和通りと大正通りの視察レポートが掲載されているので、それに基づいて両道路の特徴を紹介してみよう。

昭和通り視察記

まず昭和通りだが、幅員は品川の近くでは三三メートルだが、中心部に近づくにつれて三六メートルとなり、新橋を越えたあたりからは四四メートルとなり、上野までの六キロメートル近くの区間はずっとこれが続いていた（その先、上野から三ノ輪までは再び三三メートル）。レポートはその昭和通りを「起点から本芝一丁目まで」、「本芝一丁目より芝口まで」、「芝口より車坂まで」、「車坂より三ノ輪まで」の四節に分けて詳細に紹介している。

旧幕時代東海道から花のお江戸への入口として長旅の埃を払つた品川宿、今は復興の帝都を東西に貫く第一号幹線の起点として面目を新たにしてゐる。橋一つ向ふは京浜国道の坦途遥かに東海道へ延び、市郡を岐つ橋上に立つて眺むれば（後略）

と視察者はみずからの位置を明らかにするところからレポートを始めている。彼が立っている橋とは東海道線をまたぐ八ツ山橋のことで、三五区三郡制になる前はここが市郡の境界だった。品川駅までが芝区で、その先は荏原郡だったのである。

市郡境界を強く意識するのは当時の風潮で、郡のほうから市のほうに向かうと、境界を越えるあたりから近代的な道路が始まる、とでもいったような大げさな見立てをしている。「市郡境界を距る数歩にして、昔ながらの泥道を画然と復興道路の起線目立ち、舗装道路は蜿蜒と帝都の中枢に向つて延ぶ」。ただし、道路のわきには、傾いたり壊れたりした「未だ取払はれざる家屋」や砂利の小山が放置されており、その中を工事を急ぐ第一号幹線道路が北に向かって延びていたのである。

品川の少し先の「東禅寺前あたりからは工事既に完成し、広濶たる直線道路は愈々復興道路たるの感を深からしむ」区間があったかと思えば、「残つた一部分の路面舗装を終れば竣成」という区間があったり、「石を運ぶ者、コンクリートを練る者、鶴嘴を振ふ者、梃を動かす者」たちが行き交う「目下盛んに舗装工事中」の区間があったりと、進捗状況はさまざまだったが、交差する街路はほぼ完成し、その道沿いには面目を一新した町々もあり、といった光景が続いていた。

四四米幅の大道路

田町の先の本芝までは幅員三三メートルだったが、そこから新橋の先の芝口までは三六メートルとなり、「東京らしき繁華さが次第に濃厚となつて来る」。

芝口に於て一号幹線道路は直角に右折すると共に、幅員は四十四米となり、下谷区車坂迄五千七百三十米に及ぶ。幹線道路中に於て最も主要なる部分は、実に此の芝口より車坂町に至る部分であり、復興当局が最も力を注ぐ処であつた。（中略）芝口より一歩四十四米幅の新道路に入れば流石に幹線道路中白眉の模範道路であるが（後略）

とあるように、この五、六キロメートルの区間の充実ぶりは圧巻だった。すぐ先の蓬萊橋までは「車歩道は勿論街路樹の植付まで既に終つて」おり、「橋を渡れば両側の歩道は既に舗装を終へ、中央車道の両側に区劃せる芝生地には街路樹プラタナスの植栽を了し、理想的に計画せられたる四十四米幅の大道路は実に帝都枢要の地を貫く随一のものとして誇るに足る」、と過剰なまでの賛辞が繰り返される。街路樹の充実ぶりも復興道路の特徴の一つだが、これも、道路は都市経済の動脈であるばかりでなく「市民の歩廊」、「ステップ軽い市民の行楽の巷」（『帝都復興史　第二巻』）でもなくてはならないという当時の考えに基づいてのことであった。

蓬萊橋からさらに進むと、三原橋交差点で有楽町と築地を結ぶ第四号幹線と交差するが、この道路も有楽町までが幅員三六メートル、築地までが三三メートルという大規模なもので、「枢要地点」としてのこの交差点周辺は「将来帝都に於ける最繁華の地となるであらう」と予見している。ちなみにこの角には「歌舞伎座の御殿風の優麗典雅な姿」を始めとして多くの会社の「新建築ズラリと並び、交叉点道路は数日中に竣工せしむる予定を以て敷石を運ぶ者、之を並べる者等数十人立働いて場所柄の雑踏と相俟つて、形容し難い程の混雑を極めて」いた（この交差点から撮られたのが図3－2の写真）。

三原橋交差点の次に視察者が注目するのが、東京駅裏口（現在の八重洲口）に通じる七号幹線（八重洲通り）との交差点周辺の賑わいであった。「此の交叉点から江戸橋に至る間の道路は芝口から車坂町に至る幅員四十四米路線中最も完成に近きものであつて、道路中央両側の芝生の新設、樹木の植栽等を夙《つと》に終り、接続部分の竣成を俟つばかりである」。

両側に立ち並ぶ新築ビルの数々も人目を引くが、「復興局の誇りとする最新式の江戸橋」は「近代科学の偉力を誇り」、そのすぐ川上にある日本橋を凌駕し、「顔色なからしめ」るほどであるとまで言っている。「日本橋がその幅狭く両袂に何の風情もなきに比べて、江戸橋はその嶄新《ざんしん》なる様式と共に寔《まこと》に復興帝都に相応しく、在来の市内橋梁に其の比類を見ない」というのである。

岩本町交差点

昭和通りの中心としての芝口—車坂町間、さらにはそのまた中心としての八重洲通り交差点—江戸橋間、というわけだが、一九三〇年一月の視察時点では江戸橋より先は「道路工事は未完了であるが両側の建物は殆ど完成して」というような状態だった。そしてその先に待ち受けるのが、二大幹線のもう一本である大正通りとの交差点、岩本町交差点だったのである（図3-1）。

神田岩本町の交叉点は帝都を東西南北に貫き、帝都復興計画の中の枢軸となる第一号幹線と第二号幹線の交叉する処であつて正に復興帝都交通の中心地たるべき地である。

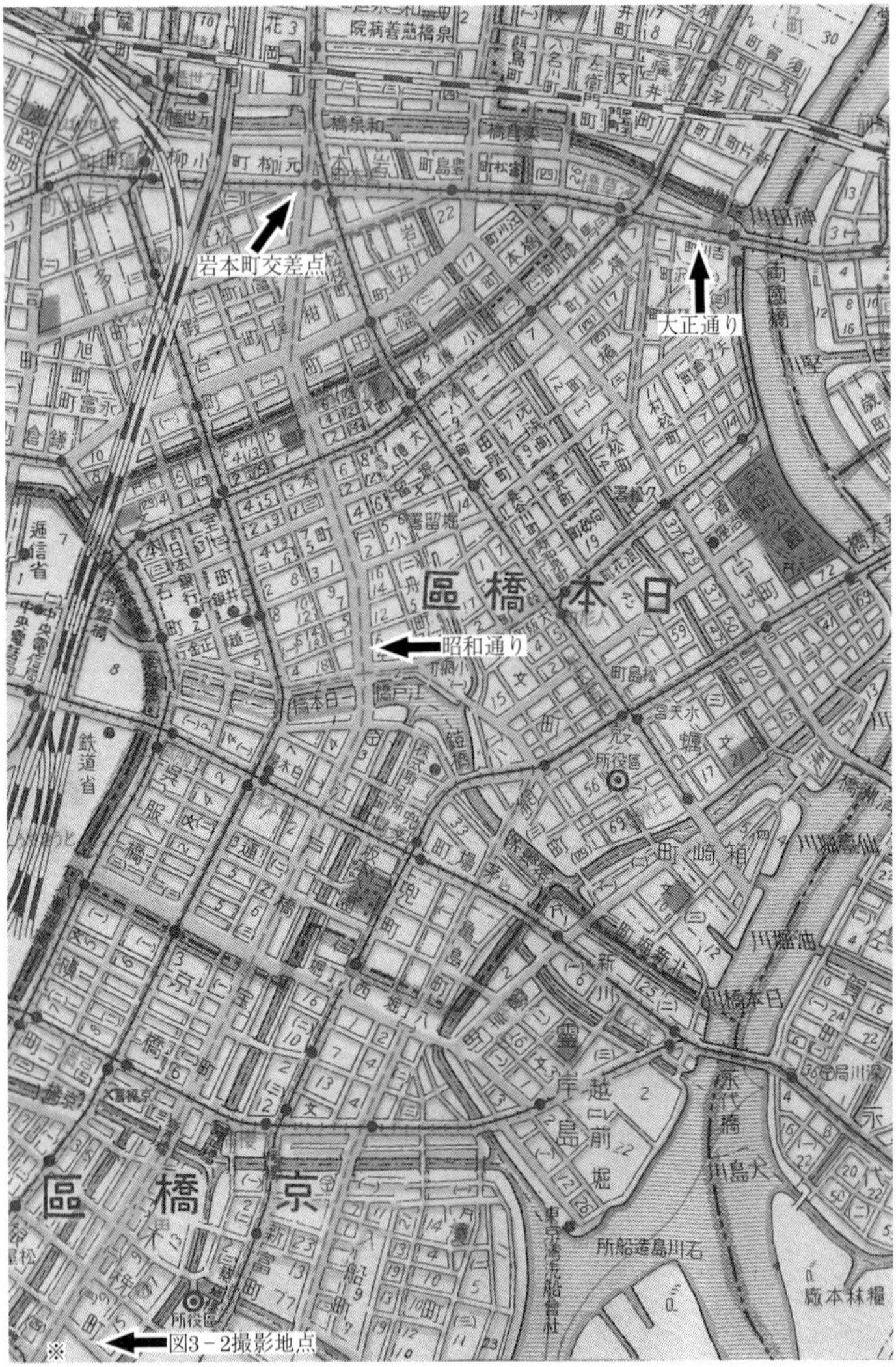
岩本町交差点
大正通り
昭和通り
※図3－2撮影地点

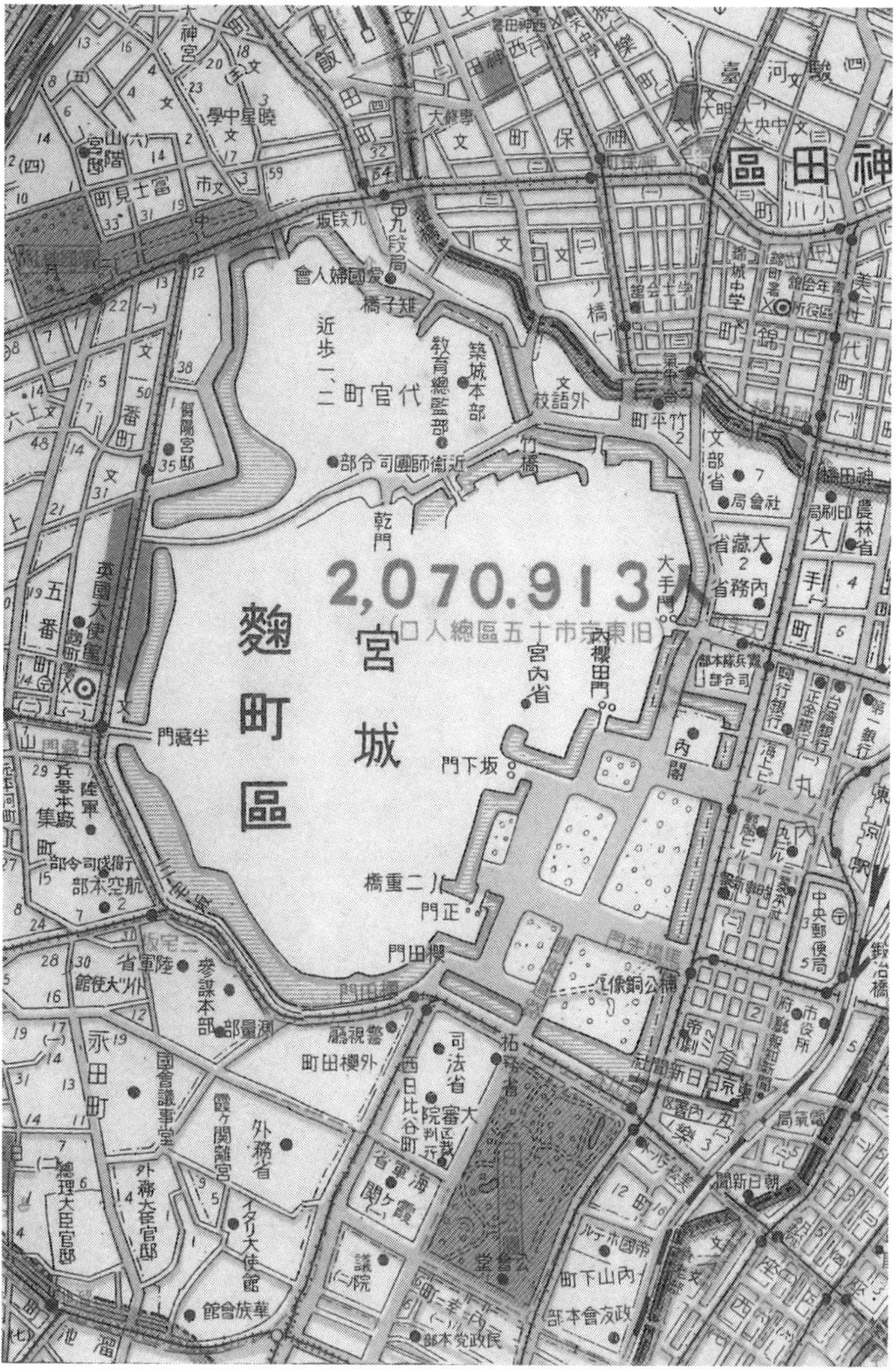

図3－1　昭和通り・大正通りと岩本町交差点（東日版『大東京最新明細地図』1932年）

ただし、ここはまだ「路面舗装に数十名が血眼の有様で活躍の最中」で、「設備未だ充分ならざる現在に於ては寧ろ大広場に近き感じ」だったが、「軈《やが》て舗装工事を終り、街路の諸設備整つた暁に於ては、見るも立派な交叉点となり、復興道路の誇りを永遠に貽《のこ》すであらうことが想像される」。

その先は和泉橋である。ここからはそれまでとは打って変わって「道路は殆んど完成し」植樹を待つばかりの状態だった。蔵前橋通りとの交差点付近も「工事は凡て竣工し、ゴー・ストツプは盛んに活躍しつゝある」とあり、その先の上野駅までの道路と商店街も同様であった。「上野駅の新築も既に其工を終へ、其の一帯は全く面目を一新して、上野の森煙る」とある通りだ。

「第一号幹線は恰も蛙を呑んだ蛇の如く、頭と尾の両端が狭小で中央が膨れてゐる」と形容されることもあったが、幅員四四メートルは上野までで、ここから三ノ輪までは三三メートルとなる（その先の常磐線ガードの終点までは二二メートル）。ここもすでに工事は終わっていたものの、「路幅狭小と相応して両側の商店も小さく、大建築の見るべきものはないが、坦々たるコンクリート道は一直線に三ノ輪に向つて延び『矢張一号幹線だナ』と胸に迫る情景を見せてゐる」。こうして「品川の起点から常磐線ガード際の終点迄、総延長実に一万三千五百九十七米の大道路は、かくて将に驚異すべき『完成』を目前に控へてゐ」たのである。

図3－2　三原橋交差点から見た昭和通り。正面が江戸橋方面（『帝都の展望』1934年）

四四メートル幅の芝口―車坂町間、さらにはその中心としての八重洲通り交差点―江戸橋間の昭和通りの当時の様子をうかがわせる写真は数多く残されており、さまざまな書物の中にわれわれはその雄姿を見ることができる（図3－2）。

大正通り

ところで既述のように、この昭和通りは神田岩本町でもう一つの幹線道路である大正通りと交差していた。「九段坂下を起点とし神田区神保町から駿河台下、小川町、須田町を経て、柳原の裏通、岩本町で一号幹線と交叉して浅草橋に出で、両国橋を渡つて国技館前から緑町、本所柳原、錦糸堀を一直線に進み、城東電車線路に沿うて亀戸に達する延長六千二百九米、長さは正に一号幹線の二分の一」の道路である。

大正通りはゆくゆくは九段坂上の富士見町から市ヶ谷を経て新宿までの延伸が予定されていたが、復興時の改修の重点はむしろその延伸予定区間にはいる靖国神社周辺に置かれており、悪名高い九段坂の急坂の緩和に力が注がれた。

九段坂は震災前は帝都有数の急坂であつて相当に多い通行者を悩ましたのみならず、道路横の壕端を電車がノロ〳〵と上下して頗る不便且つ危険極まるものであつた。そこで此の急坂を緩和すべく設計して此の難工事を断行し、坂上富士見町から半蔵門を経て新議事堂前に至る二十一号線が建設された。

その結果、その「半蔵門方面から来る電車と、新宿から市ヶ谷を経て富士見町靖国神社横を走る電車の交叉するあたりは大いに面目を一新し」、ゆるやかなこう配のもと、中央を電車軌道、その両側に車道、さらにその両側に歩道という「二十七米幅の復興道路」が完成したのである。

これを明治期の参謀本部地図で確認してみると、かつては、九段坂下から見て靖国神社の大鳥居手前の偕行社（陸軍将校の親睦などを目的とした会館）に至るまでが大変な傾斜であったことがわかるが、それが大幅に削られて、九段坂上に至るゆるやかな坂道へと変貌を遂げたというわけだ。いまや「震災前の車を挽く牛馬や人が喘ぎつゝ曲線を画いて辛うじて坂上に達したる状を想像するに由もなく」、「立《たち》ン坊《ぼう》の姿は全く影を消して」、というのが「新九段坂の情景」となったのである。

このあと、視察者は靖国神社前からお濠がわに渡って、そこから遠望できる「復興帝都」のありさまを見て感慨にふけるのだが、森田草平『煤煙』でのお茶の水ニコライ堂の眺めにも比すべきその部分を紹介してみよう。

更に遠く眺むれば大橋図書館を越えて三越、三井信託其他日本橋方面の大建築物が目立つ復興建築の海が展開される。稍《やや》左手は駿河台高地の建物、神田一帯の復興の姿晴々と冬の清澄な空気を通して目に映ずる。あゝ思ひ起す七年前、震災直後に此の場所に立ちて満目余すところなき焼野原を眺めた此眼が、七年後同じ場所に復興帝都を展望した時、東京市民の撓《たわ》みなき努力が偲ばれて、滂沱として降り来る熱涙を禁じ得なかつた。復興の姿を捜す市民よ九段坂の上に立て、然らば涙なくては見られぬ偉大なる人間の努力の跡に接するだらう。

大正通り沿い

ところで九段坂はあくまでも延伸予定区間であり、この時点での本来の二号幹線道路（大正通り）は九段坂下からだったことはすでに指摘した。そこでは「道路は中央電車軌道、車道、歩道共に完備し」、「人道」には銀杏や梧桐も植えられていた。そしてその左右には新築の建物が「復興の姿」を並べていたのである。

「起点九段下から神保町交叉点までコンクリートの車道が、神保町以南通神保町の突当りまで煉瓦車道となり」、「此処から幹線は急に右に曲る」。そして「神保町交叉点から幅員拡がり、両国に至るまで延長二千四百九十五米の間幅員は三十六米となつてゐる」。

レポートはこれと交差する多くの中規模幹線道路に関しても、道の両側の家やビルの様子も含めて詳しく報告している。そのなかで注目している一つが、小川町電車停留所前の交差点周辺の「以前とは似ても似つかぬ復興の姿」だった。

此の幹線交叉点は復興事業に依つて面目を一新し、小川町ビルデイングの旗寒風になびき、海産物商川手商店の古代ローマを偲ばせる凝つた新築を始め、ローヤル輪転機商会、十五銀行支店など何れも此の枢要の地を占めて復興の意気に燃えてゐるものゝ如くである。

小川町交差点の次に注目されているのは、軍神広瀬中佐の銅像で親しまれてきた須田町交差点の変貌ぶりだった。二号幹線道路と電車軌道が最短距離で両国方面を目指したために、「震災前帝都に於ける最も混雑の地とされてゐた須田町旧停留所は新停留所にその位置を奪はれ、雑沓の巷に埃を浴びて朝な夕な幾多の人の流れを眺めてゐた軍神広瀬中佐と杉野兵曹長の銅像は、今は静寂なる巷に昔の面影を淋しく偲んでゐる」ありさまとなってしまったのである。

回顧すれば須田町と云へば市民は勿論全国の人々が広瀬中佐の銅像の建つ所と記憶し、老若男女を問はず孰れも電車の窓から探し求めて眺めたものだが、現在の須田町交叉点に此の記念物を失ふことは聊《いささ》か物淋しい感じがする。

二号幹線道路はこのあと「須田町から浅草橋に至るまで一直線」に延びていくが、その途中で、「将来帝都の目貫たるべき地」＝一号幹線道路と交差する岩本町交差点を通過することになる。震災前までは「所謂柳原古着屋の本場」だったが、今は既製服や子供服、布地などを扱う新商店にとってかわられ、そのどれもが「店頭高く品質本位、親切第一の看板」を掲げて「復興帝都に雄々しくも打つて出で」ようとしていた。

おもしろいのは、その先の、浅草橋近くの交差点の混雑ぶりを描写した個所だ。ほかに通る道がないのだから当然といえば当然だが、工事中であるにもかかわらず自動車等がそこを構わず通り抜け、混雑に拍車をかけているというのである。

道路は掘返されて石、砂利、土塊など至る所に積上げられたる中に交通整理のお巡りさんが声を嗄らし、血眼で駈抜ける通行人、電車に続いて自動車、自転車の警笛も物凄く宛然戦場の光景を呈してゐる。

両国橋周辺

かくして二号幹線道路は震災で疲弊した両国橋へとさしかかる。今は「電車の通る度に揺れてゐる」状態だが、新たに架設されることになっており、そのための「仮橋に打込む杭」が川面にところせまく浮かべられているというのが現況だった。

両国橋より先は「漸く街路工事に着手したばかり」で、「電車の通らぬ暇を見ながら」電車軌道の工事を急ぐというありさまだった。将来発展が確実視される亀沢町停留所交差点を過ぎると工事の遅れはさらに目立つものとなったが、江東地区の取り柄は「恰も京都の街路の如く井然《せいぜん》として大部分は直角に交叉し、碁盤の目型に近きものが建設され」たことだった。理由はもちろん震災で大半が焼き払われてしまったからで、「従来の面目を一新せる点に於て江西各区（山の手地区のこと――藤井注）とは殆んど比較にならない」ほどであった。

交差する多くの中規模道路に関しても、道の両側の家やビルの様子も含めてその発展ぶりを詳しく報告しているのは神田・日本橋地区の場合と同様で、城東電車線路を拡築する予定の錦糸堀―亀戸間が「漸く基礎工事に着手せるのみにて未だ道路の形をさへ備へず」であったのに対して、終点の亀戸でこれと交差する道路のほうは、車道歩道ともに「コンクリート道完備し」、新装なった商店街も「場末らしからぬ繁昌を極め、震災前の面影は見る由もない」と評している。

一九三〇年一月の視察に基づくこのレポートからは、当時の人々の復興にかける執念や熱意がひしひしと伝わってくる。「東京市民の撓みなき努力が偲ばれて、滂沱として降り来る熱涙を禁じ得なかつた」（前掲の、九段坂上から日本橋方面を遠望した際の思い）とあるのもいちがいに麗句とばかりは言えないほどである。

『蜘蛛男』

震災復興の中心としての道路整備計画であり、その中心となったのが昭和通りと大正通りの建設であったというわけだが、現在進行形で建設が急ピッチで進められていたこの二つの道路をいちはやく小説の中に登場させた作品がある。乱歩の通俗長編第一作である『蜘蛛男』（一九二九〜三〇年）である。

もっとも、一号幹線（昭和通り）、二号幹線（大正通り）と、名前までもが作中で紹介されているわけではない（愛称が決定したのは前述のように連載途中の一九二九年一〇月）。しかし、名前こそ紹介されてはいないものの、昭和通りと大正通りでしかありえないルートを作中人物たちは通過している。

作品冒頭で、のちに蜘蛛男と正体が割れる美術商の稲垣平造は、事務員募集に応募してきた美少女の里見芳枝を麴町のアジトに誘い込もうとして、Y町の関東ビルからいったん両国橋近くのS町まで円タクを走らせ、そこで車を乗り換え、今度は西に向かい、麴町区R町のアジトに向かう。

自動車はY町から東を指して暫く走ると、両国橋の近くのS町で停車した。稲垣氏は、

「一寸取引先に用件があるから、あなたも序《ついで》に引合わせて置きましょう」といって、芳枝を車から卸《おろ》し、運転手には帰る様に命じて、細い横町へ這入って行ったが、何を思ったのか、「いや、すっかり忘れていた。今そこの主人が旅行していて、いないのです。私は今日はどうかしていますよ」と言い訳をしながら、入組んだ横町を幾曲りすると、反対側の大通《おおどおり》へ出て、そこで又自動車を拾った。そして、今度は逆に西へ西へと車を走らせ、来た時の二倍も西に戻って、麴町区のR町で車を止めたが、事務所を出たのがもう五時過ぎであったのに、寄り道で手間取ったので、その時分には街燈が明るくなっていた。

「大変遅くなりましたが、もうすぐですよ」と言って稲垣は自動車を返し、「R町のとある淋しい横町」に入り、不自然にみすぼらしい空き家のような家に芳枝を連れ込む。結局ここで芳枝は稲垣によって惨殺されることになるのだが、それに先立って稲垣が種明かししたところによれば、S町で自動車を降り、横町に入って幾曲りしたあとまた大通りへ出て今度は反対側から自動車を拾ったのは「関東ビルディングから私達がどこへ行ったかということを、あの運転手に知られない為」だった。別の自動車に乗り換えることで「稲垣商店と、この空屋との連絡」をぷっつりと断ち切ってしまうためだったと明かすのである。

昭和通りと大正通り

そこで昭和通りと大正通りだが、まず、両国橋から麴町へ、というのは大正通り以外ありえない。「今度は逆に西へ西へと車を走らせ、来た時の二倍も西に戻って、麴町区のR町で車を止めた」という距離表現も現実に対応している。

大正通り自体は九段坂下までだが、その先も九段坂の改良工事を始めとして市ヶ谷方面や半蔵門方面の道路が建設ずみであったことはすでに紹介した通りである。麴町区のR町があるのも、それらの地域のいずれかなのである。それともう一つ言えば、一九三〇年一月の視察レポートに両国橋より先（東方向）は未整備の地区が多かったとあったのも、両国橋付近からのUターンを促したかもしれない。

そしてもういっぽうの、Y町のビルから両国橋に向かう際に利用したのが昭和通りだったのではないかというのも、大正通りほどではないが、ほぼまちがいない。というのも、別の個所ではY町は麴町区Y町となっており、電話局番が「銀座」となっているからである。当時の資料で確かめてみると、局番が銀座なのは、有楽町、永田町、内幸町、三宅坂、霞ヶ関、日比谷公園などであり、Y町となっていることからも、当時の読者は有楽町を思い浮かべたのではないだろうか。ちなみに、この伝でいけば、麴町区R町は六番町か。

関東ビルディングの掃除女の証言によれば、「その自動車は京橋の方を向いて走って」いったということだから、必ずしも一つに限定できるわけではないが、有楽町近辺から京橋を経由して両国橋に至るには、岩本町の交差点まで昭和通りを行き、そこで右折して、大正通りを東に向かうのが、もっとも飛ばせるルートである。何しろそのあたりの昭和通りは前述のように歩道まで含めれば幅員は四四メートルもあったのだから。

有楽町方面からだとたとえば三原橋交差点を左折して昭和通りに入る。あるいは「京橋の方」にもっと忠実に考えるなら、「京橋の方」に向ってたとえば銀座通りを行き、八重洲通りとの交差点で右折し、さらに昭和通りとの交差点で左折し、あとは昭和通りをまっしぐら、というルートでもいい。どちらの場合も、「復興帝都交通の中心地たるべき」岩本町の交差点で右折し、大正通りに入る点は同じである（前出図3−1）。

東京の中心は、時代により捉え方により、浅草、銀座、丸の内、新宿など、いくつも候補があるが、「帝都を東西南北に貫き、帝都復興計画の中の枢軸となる第一号幹線と第二号幹線の交叉する」〈大東京の十字路〉である岩本町交差点も、「正に復興帝都交通の中心地たるべき地」（『帝都復興史　第二巻』）であったことはまちがいない。そこを蜘蛛男の乗る円タクは昭和通りを南から来て右折して大正通りを東に向かい、両国橋近辺で足取りをくらましてからもう一度、大正通りを東から西へと飛ばす途中で岩本町交差点を突っ切っているのである。

このようにして乱歩は、通俗長編の第一作である『蜘蛛男』の中に、拡大する大東京の象徴ともいうべき二大幹線道路とそれらが交差する岩本町交差点とを（ひそかに）登場させ、それによって変貌著しい都市や時代を描こうとしたというわけだが、見逃せないのは、そこに、下車と再乗車という、「稲垣商店と、この空屋との連絡」をぷっつりと断ち切ってしまうためのトリックまでもを組みこんでみせたという点である。これは逆に、変貌著しい都市や時代こそがそうしたトリックの産みの親であったと言い換えることもできるかもしれないし、いずれにしても、都市とミステリーとの親和性を証明する一例であることに変わりはない。

第4章
京浜国道のカーチェイス

京浜国道の改修

帝都復興事業中の「最重最大の要素は実に街路の新設拡築にあつた」（『帝都復興史 第二巻』一九三〇年）ことは、震災後の昭和通り大正通りを始めとする多くの幹線道路整備への力の入れ方を見てもわかるが、これらと同じかそれ以上に重視されたのが、東京—横浜間を結ぶ京浜国道の整備だった。

ただし、この場合も工事の開始は関東大震災（一九二三年）に先んじていた。復興事業として、というより、激増する自動車対策として整備が不可欠とみなされたのである。そもそも、京浜国道の前身である旧東海道の品川宿から先は、川崎・神奈川駅などを除けば「沿道の所々に茶店があつた位、東は波打際、西は見渡す限りの田畑を控へ、浅草海苔を除きては大森の麦藁細工が家庭工業と云へば云へる位のものであり、道幅こそ三、四間はあつたが、砂利道と云ふより寧ろ土砂道であつた」（『行詰れる京浜国道』一九三五年）。

然るに浜に黒船が着き、江戸が帝都となつて東京と改まり、此間に陸蒸気が走るやうになつてからの国道は、啻《ただ》に車馬の交通が頻繁となつて路幅が狭くなつた許りではなく、急遽に増加した自動車の為め路面を維持する事が出来なくなつた。茲《ここ》に於て京浜国道の改良が唱導され、大正七年其機運が熟して次のやうに改良されたのである。

「急遽に増加した自動車の為め路面を維持する事が出来なくなつた」のところを補うと、明治後半に登場した自動車は、徐々にその台数を増やしていった。一九一二年の総台数二九八台が一九一六年には八四一台へと三倍近くにまで増加している（『警視庁史　昭和前編』一九六二年）。その後はどうかというと、一九二一年に四〇九七台、二六年に一万三一六三台、三〇年には二万七四六九台、という急増ぶりであった。そしてその増加する自動車が道路の寿命を縮めることになったのである。

何となれば高速度にて回転する自動車の車輪は、砂利道の土砂を絶へず掘穿し是を四方に飛散して、忽ち到る所に凹所を生じ、為めに路面は長く平滑なる状態を保つ能はざるなり。

（『神奈川県執行京浜国道改修工事概要』一九二五年）

こうした事態を受けて一九一八年に京浜国道改良工事は着工された。関東大震災に先立つこと五年、である。関東大震災以降は復興事業に編入されて工事が続けられ、一九二五年に品川八ツ山から生麦までの完成を見、一九三〇年には本来の目的地である横浜高島町まで延長された（総延長二二・三キロメートル）。八ツ山から六郷橋までは東京府が、六郷橋から生麦までは神奈川県が、その先、生麦と旧横浜市との境界から高島町までは復興局、という分担であった（『行詰れる京浜国道』）。

旧東海道の幅員は六ないし七メートル余りで、多くの自動車や重量車両の通行には不都合であったため幅員一四メートルないし二一メートルで計画されたが、のち二一メートルに統一された（東京市内。川崎地区は一八メートル、横浜地区は三一ないし三六メートル）。東京府内部分（県境の六郷橋まで）では排水路をはさんで歩道と車道とに分離され、中央の一四メートルが車道部分にあてられ、歩道は左右に三・六メートルずつ。歩道の車道寄り六〇センチメートル幅には植樹帯としてプラタナスやアカシヤなどが植えられ、私有地寄りには三〇センチメートル余りの側溝も設けられた（『帝都復興史　第三巻』一九三〇年）。

舗装も近代的な道路には欠かせないものだが、当初は水締めマカダム（砕石）の予定だっ

図4－1　京浜国道（『日本地理風俗大系2　大東京編』）

たが、震災後の交通量の激増をうけて、中央の六・六メートルはアスファルトコンクリート、その左右（牛馬車、荷車などの緩行車用）はアスファルト砕石、さらに歩道にも配慮がなされ、石灰石を粗粒骨材としたコンクリートかマグネサイドブロックで舗装された（『帝都復興史　第三巻』、『行詰れる京浜国道』。図4－1参照）。

　コースは基本は旧東海道＝一号国道に沿うかたちで計画されたが、細部は当初さまざまなプランがあったものの、埋め立てやら高低差の解消などの出費を避けるために、最終的には「京浜電気軌道（現・京浜急行線）と併行して平坦地のみを選ぶ方針」がとられた。旧東海道沿いに人家が密集している地区ではこれを避け、そうでない地区では旧道を拡張して経費削減をめざした。また鈴が森付近の京浜電気軌道と交差する地点では鉄道を高架式としたが、それ以外で平面交差していて厄介なのが三か所もあり、それらも含め信号機は全部で一六か所あった（『行詰れる京浜国道』）。

改修の効果は当初はめざましいものがあった。「改修に依つて疾行自動車二両、自動自転車一両、徐行車二両、自転車二両が自由に行違ひ交通し得る幅員を有するに至りたるため」所要時間も従来は東京―横浜間が一時間半から二時間もかかっていたところが四〇分足らずに短縮された。制限速度も時速一六マイルから二五マイルに、すなわち時速四〇キロに緩和された。改修前の一九二一年と部分開通した一九二六年の、品川八ツ山を一日に通過する自動車の台数を比較すると、四三一台から一一一一台と二・六倍にも増加している。

行詰れる京浜国道

しかし、その後交通量は激増の一途をたどり、一九三三年には乗用車数が七年前の三〇倍にもなり、翌年一二月下旬の一日の交通量は八ツ山で「自動車三万台、其他の諸車三万四千台、歩行者八千四百人」(『三十六号〈新京浜〉国道工事概要』一九三六年)にも達したという。一九二六年には一一一一台であったのだから、八年間で二七倍にも急増したというわけである。

国道も亦改修されて道幅も拡がり、路面の維持も出来るやうになつたが、それも束の間、今や一日、二万四千台の自動車と四万余台の諸車とによりて飽和状態となり、戦慄すべき轢殺、負傷、車両毀損等の事故に踏み所なき魔道と変つた。（『行詰れる京浜国道』）

交通量の増加が必然的に招く交通事故数に関しては、『三十六号（新京浜）国道工事概要』に一九三四年の京浜国道での「事故総件数千五百五十余件の内三十四名の轢死者を出す等、真に戦慄に値するものあるに至り」とあり、『行詰れる京浜国道』はそれを補足して「傷者九百八名、車両毀損額約五万円に上つた」と慨嘆している。こうした事態を受けて一九三四年には京浜国道の内陸側を通る新京浜国道の建設が決定し、二年後の一九三六年度から工期六年間の予定で建設が始まることとなったのである。

もっとも、このあたりの時期のことは乱歩とは直接の関係はない。乱歩が京浜国道と濃密な関わりを持ったのはあくまでも、「繁華を誇る日本一の京浜国道」（白石実三『武蔵野から大東京へ』一九三三年）と呼ばれた頃の、そして「爰《ここ》に於て一躍近代道路の偉観を備ふるに至れり」（『三十六号〈新京浜〉国道工事概要』）と評された頃の、絶頂期の京浜国道だったからである。

乱歩は関東大震災後の復興著しい東京を活写すべく、さまざまな試みに挑戦している。なかでも、乱歩の時代を見抜く目は、時代の象徴としての自動車に注がれ、それは必然的に、自動車が疾走可能な高速の自動車道路への注目へとつながっていった。乱歩と京浜国道との切っても切れない関係はここに胚胎している。それ以前の浅草や東京市内中心から、『蜘蛛男』（一九二九〜三〇年）以降の一連の通俗長編の舞台が京浜国道沿いの東京南部から横浜方面へと広がっていったのも、ひとつにはこうした理由にもとづいている。

『蜘蛛男』の京浜国道

それにしても『蜘蛛男』という小説は、読み返すごとにその周到な出来上がりぶりに感嘆させられる。冒頭から、大東京の二大幹線道路たる昭和通りと大正通りとをさりげなく描くことで変貌し続ける大東京のスケッチを試みたばかりでなく、ここには、それ以上に乱歩が愛してやまなかったわれらが京浜国道が、早くもふんだんに活躍の場を与えられていたのである。

蜘蛛男がつけ狙う美貌の女性＝富士洋子を女優とすることで、舞台は彼女の仕事場である京浜国道沿いの撮影所周辺へと首尾よく移動し、大森を思わせる場所での屋外ロケーション、撮影所でのセット撮影（いずれも間一髪のところで蜘蛛男の襲撃をまぬがれる）を経て、洋子は、蒲田を思わせる場所にある撮影所長宅にかくまわれることになる。しかし、波越警部やしろうと探偵の畔柳博士らによる厳重な護衛にもかかわらず、洋子は悪漢によって拉致されてしまう。もちろん、そのルートは、京浜国道を通って東京市内へ、である。

その連れ去りの現場に遭遇したのが、畔柳の助手の野崎青年だった。そしてとっさに野崎は、「矢の様に走り出した」自動車の「後部に瘤みたいに」しがみつく。

闇を闇をと選んで、車は京浜国道の坦々たる大道に出た。人通りは殆どなかった。まれに自動車がすれ違うばかりである。品川まで約三十分でカッ飛ばした。途中二箇所ばかり交番の前を通ったけれど、幸か不幸か誰何《すいか》されることもなかった。何しろ夜更けである。車内の異常など分る筈がないし、後部の瘤だって注意して見なければ、気はつかぬ。

「坦々たる」というのはその頃京浜国道を描写する際の常套語だった。「矢の様に」というのも、考えてみればこうしたスピード感の表現は本邦初の試みだったのかもしれないのだから、いまわれわれが簡単に考えるようなものではありえない。考えに考え抜いて、そのスピード感にふさわしい表現が「創出」された結果が「矢の様に」であったはずだ。

人通りはほとんどなく、まれに車とすれ違うだけ、といった描写も、深夜（一二時前後）の京浜国道の雰囲気をよくあらわしていたにちがいない。蒲田から品川までは七キロメートルほど。それを「約三十分でカッ飛ばした」という。時速にするとそれほどでもないように思われるが、なにしろ当時は一般的な制限速度は時速一六マイル（二六キロメートル）であった時代。文字通り「カッ飛ばした」と受け取るべきなのだろう。

ちなみに、スピードに関しては後半部分にこんな記述もある。波越警部や明智らが桜田門の警視庁から麹町の畔柳邸を目指す場面である。

「……運転手さん。急いでくれ給え。二十哩《マイル》？　規定速力じゃ仕様がない。警察の御用だ。構わない三十哩四十哩、フールスピードだ」

自動車は矢庭に速力を増した。

お堀端の大道を、二台の自動車と、数台のモーターサイクルが、砲弾の様に飛んで行った。

彼らが通過している「お堀端の大道」は、大正通りの九段坂改修の折にあわせて整備された九段坂上の富士見町から半蔵門、三宅坂へと至る新線であったと思われるが（第3章「帝都復興と昭和通り」参照）、京浜国道が時速一六マイルから二五マイルに改められたのに対して、市内のこのあたりは二〇マイル規制であったことがわかる。そして「矢の様に」の代わりに、ここでは「フールスピード」にふさわしく「砲弾の様に」が創出されている。

はなしを野崎青年の追跡のところに戻すと、結局洋子は例の麴町のアジトに連れ込まれたあと、機転を利かせてそこから脱出し、K町の撮影所長宅にとどまっていた波越に連絡を寄こす。

「ここは麴町区K町の自働電話です。その空家から五六町しか離れていません。すぐ御出で下さい。賊は傷《きずつ》いてあの家に倒れています。それに野崎さんが地下室に監禁されていらっしゃるのです。早く助けて上げて下さい。私はこれから東京駅のホテルへ行って、お待ちしていますから」

かくして波越らは撮影所長の車で現場に急行する。

車は深夜の京浜国道を矢の様に走った。冷い風が快く警部達の耳に鳴った。走れ走れ、兇賊逮捕の勇ましい首途《かどで》だ。

自動車の時代

「K町(まぎらわしいがこれは撮影所長宅のある場所。蒲田か——藤井注)からだから、急ぎに急いでも、五十分はかかった」とあるが、野崎の時が「品川まで約三十分」とあったから、そこから麹町まで二〇分かかった計算だ。それにしても、またしても「矢の様に」である。そしてそこに「冷い風が快く」とか「耳に鳴った」、さらには「走れ走れ」といった表現が畳みかけられる。昭和モダンの時代を背景として、自動車の出現、性能の向上、スピード感という新たな体験の出現、さらには、そのスピード感をどう表現するか、といった模索と試行。今から見れば何の変哲もないようなそれらの表現の背後に、そうした新しい時代の出現とそれにともなう産みの苦しみ、さらにはそれをなし遂げた達成感が見て取れよう。

京浜国道は、実は『蜘蛛男』のなかでもう一度登場させられていた。最初に惨殺された里見芳枝の姉までもが蜘蛛男の毒牙にかかった際、死体を袋に入れて「深夜の国道」を江ノ島まで走らせ、水族館の水槽に投げ込んだことになっているのだ。ルートとしては京浜国道の先の一号国道を大船あたりまで飛ばして、そこから江ノ島へと向かったのだろうか。

さて、当然のことだが、これらの例は、昭和通りの場合も京浜国道の場合も、単に新しい風俗が取り込まれたというにとどまらない。そうではなくて、新しい風俗を取り込むことで、都市なり時代なりに新たな光が当てられ、それらの新たな顔、これまでは見過ごされてきたもう一つの顔が姿をあらわしているのであり、そうした都市像、時代像の表現としてこそ、それらは受け止められなくてはならないのだ。

たとえば『蜘蛛男』の終盤、警察の追跡を逃れて、蜘蛛男らは車を乗り捨て、広い通りから細い横町へと身を隠し、追っ手をまくことに成功すると、今度は再び広い通りに出て、大胆にも交番を襲い、警官に化けて追っ手の目をくらます。

「構わない。そのままあの角を曲るんだ。そして、奴等に見えない所で、自動車を飛出すんだ。早く、早く」

博士が怒鳴った。

車は烈しい音を立てて、その町角を曲った。急停車。飛出す二人。そして、彼等は車の通れぬ細い横丁へと身を隠した。

淋しい屋敷町なので、走っても見とがめる者もなかった。二人は手を引合って、横町から横町へと飛んだ。（中略）

「あすこへ行くんだ。たった一つの手段だ。一か八かだ。鉄砲玉の様に飛込んで行くんだ」

横町が尽きて、広い通へ出た。そこに交番がある。

いっけん、何の変哲もない個所のようだが、そこには、かつて「堀割と路地の町」と呼ばれた東京（江戸）が、たび重なる都市改造によって大通りの幾重にも交差する町となりながらも、他方では依然としてそのまわりに無数の横町や路地をまとわりつかせた都市であることが露呈されている。

いわば江戸と東京との併存であり、そこでは大通りは「カッ飛ばす」場所となり、いっぽう横町は「身を隠す」場所となる。こうした追跡劇や風俗の取り込みは、単にそれだけに終始しているのではなく、それらを通じて都市像の表現へと到達しているとみなされなくてはならないのである。京浜国道の場合でいえば、中心部と郊外（大森、蒲田）とのちがいや関わり方を表現することで、最終的にはこれもまた都市像なり時代像に肉迫していたとみることができよう。

『黄金仮面』と京浜国道

ここまでは『蜘蛛男』を例に考えてみたが、同様のことは、大森を舞台とした『魔術師』（一九三〇～三一年）や大船に怪盗ルパンのアジトを設定した『黄金仮面』（一九三〇～三一年）の場合にも言えるだろうし、京浜国道以外にも目をやれば、道路に多く依拠した『吸血鬼』（一九三〇～三一年）や『人間豹』（一九三四～三五年）の場合も、当然そこには都市や時代の剔出があるとみなくてはならない。

さて、最後にふたたび京浜国道と乱歩である。『蜘蛛男』で京浜国道を舞台とした追跡劇に味を占めた乱歩は、『黄金仮面』でふたたび、今度は正真正銘の京浜国道を舞台とするカーチェイスに挑戦している。

作品終盤、O町の丘の上のコンクリートの大仏（大船の大仏がモデル――藤井注）の地下の盗品倉庫の存在を知られたルパン一味はそこを爆破して二台の車に分乗して、東京方面に逃走する。追うのは波越警部から連絡を受けた警察車両である。

三台の自動車が夜の京浜国道を、風の様に疾駆していた。先の二台はヘッドライトその他のあらゆる燈火を消して、黒い魔物の様に見えた。あとの一台は明らかに警察自動車だ。

波越警部が賊の逃亡を知って、行手に当る警察署へ、電話で急を報じたものに相違ない。先頭の車はルパンがハンドルを握り、大鳥不二子さんと、今一人賊の部下が同乗していた。三人とも黄金仮面の扮装のままだ。

次のオープンカーは茶箱の様な贓品の荷物を満載して、二名の部下が乗っていた。残る二名は日本人であったから、首領と別れて別の方向に身を隠したのであろう。

速力はルパンの車が最も優れている様に見えた。第一の車と第二の車の間は約半町、

第二の車と警察自動車の間は、一町程隔っていた。（中略）
ルパンの怒鳴り声が、矢の様に不二子さんの耳たぶをかすめて、うしろへ飛び去る。如何にもルパンは元気であった。五十哩《マイル》、六十哩、彼の車は車体が撓《しな》う程の速力で、車輪も宙に疾駆した。
もう行手に品川の町が見えていた、東京市中へ入りさえすれば、何とか警察自動車をまくことが出来るだろう。それが唯一の頼みであった。

結局ここでは二台目の賊の車がパンクのため警察自動車につかまり、警察がそれに手間取っている間に一台目のルパンの車はまんまと逃げおおせることになる。このあと、『黄金仮面』は飛行場での最後の大活劇の場面へと移行するが、京浜国道のカーチェイスというテーマに即していえば、五〇マイル、六〇マイル（時速百キロ近い）の、車がしなうほどのスピードでルパンに京浜国道を疾走させた『黄金仮面』のけばけばしい印象を最後に、乱歩における京浜国道の取り込みは沈静化する。

京浜国道と乱歩

そのことと、先に見た京浜国道の「挫折」——飽和状態から第二京浜の建設へ——とが関係あるかどうかはわからないが、少なくとも、当初の魅力を失いかけた京浜国道が素材としても鮮度を失いつつあったことだけはまちがいない。さらにもう一つ、沈静化に関係するかもしれない事実がある。京浜国道ぞいの土蔵付きの借家（芝区車町）が気に入って転居したものの、あまりの騒音に音をあげて郊外（池袋）へと逃げ出しているのである（一九三四年）。

実際、いまその場所に立ってみると、そこは京浜国道から数メートルしか離れておらず（第7章「プチホテルの愉楽」参照）、乱歩が「汽車、電車、自動車、終夜轟々たり」（『探偵小説四十年』）と嘆いたのも、もっともと思わされる。何しろこの頃、自動車の「爆音」と「臭気」は迷惑公害の最たるものとしてしばしば槍玉にあげられており、そのすさまじさは想像するに余りある。いずれにしても、鮮度の点といい、迷惑公害の点といい、乱歩が、かつては愛してやまなかったはずの京浜国道とのあいだに徐々に距離を置くようになっていったとしても不思議はない。乱歩と京浜国道との濃密な関係はかくしてその幕をおろすこととなったのである。

第5章
遊園地の時代——鶴見遊園と花月園

『蜘蛛男』の鶴見遊園

『蜘蛛男』（一九二九～三〇年）最後の事件は、四九人の女性拉致とパノラマ場での毒ガス集団殺人だが、そこに鶴見遊園でパノラマ館を経営する園田大造なる怪人物が首謀者として登場する。園田とは実は奥多摩で死んだと思われていた蜘蛛男その人で、園内のパノラマ館の開館式に、誘拐した四九人の娘たちを裸体にしてガス中毒死させ、それを地獄のパノラマ上に展示して招待客の度肝を抜く、という悪計をめぐらしていたのである。

しかし、それを見破った明智の働きによってガスは無害なものにすり替えられ、娘たちは蜘蛛男が明智の麻酔薬で眠らされているすきに救出される。かくして開館式当日蜘蛛男が招待客たちに自慢げに披露したのはすり替えられた四九体の人形であり、それを知った蜘蛛男は苦悶と絶望と恥辱の果てに、パノラマ地獄の剣の山に身を投げて果てる。

実は『蜘蛛男』では基本的にはK撮影所とかH病院、R町といったようにイニシァルが使用されており、「鶴見遊園」などというあからさまに現実を連想させる呼び方は異例中の異例だった。だとしたら、その狙いは何だったのか。

言うまでもなく当時の読者のほとんどは、「鶴見遊園」から現実の或る遊園地を連想したと思われる。ある時期までは鶴見花月園と呼ばれていた花月園遊園地である。ただ、鶴見遊園とはいっても『蜘蛛男』のなかに登場するのはパノラマ館のみであり、それをも含む広大な鶴見遊園＝花月園全体はいっさい出てこないが、「鶴見遊園」と呼ばれることで、読者のイメージのなかではパノラマ館は広大な鶴見遊園＝花月園のなかの一部に自然と位置付けられたのではないだろうか。

読者のイメージの広がりについてはあとで考えるとして、まずは作中のパノラマ館をめぐる諸情報を確認してみよう。浅草の人形師福山鶴松を訪ねて四九体の女体像を注文した園田は、「鶴見遊園に今度パノラマ館が出来る」からと言っている。そして「建物は已に外廻り丈けは出来上っている」とも。

パノラマ館

一一月四日には「画家、文学者、批評家、新聞記者等、知名の人々を数百人招待して、華やかな開館式を挙げる順序になっていた」。その前夜、園田は一人「パノラマ館の観覧席に腰かけて、彼自身の意匠になる館内の奇怪なる光景を、あかず眺め入っていた」。

そこには、現実の空間を超越して、一つの全き世界が、視野の限りに広がっていた。現世に在ってしかも現世を忘却した、夢と丈け比べることの出来る、不可思議なる宇宙があった。

直径十五間程の円形の建物の内側に、張り囲らした継目のないカンヴァスの壁、野外そのままの土の床、天井を隠した観覧席の張り出し屋根、その上方に装置された人工光源、この簡単なトリックが、建物の内部という観念を滅却して、そこに限り知らぬ曠野の幻を現じていた。消えぬ蜃気楼である。

直径が三〇メートル近い円筒状のパノラマ館の内部が精緻に描き出されている。パノラマ館といえば、いうまでもなく背景の絵と前景の立体物である。そのあたりは、このように描写されている。

この世界の大部分は、死の藍と血の紅《くれない》の光線の不気味なる交錯によって彩られ、そこに生々しく痛ましき地獄絵がくり拡げられていた。腥《なまぐさ》い血の池地獄、沸き立つ熱湯地獄、針の山、剣《つるぎ》の山、無数の蛇の舌の様に、赤黒く燃え立つ業火の焔、そこに、数限りもない乙女の、藍色に血の気の失せた裸体が、もがき蠢いているのだ。

謂わば青ざめた肉塊の山である。前方の四十九体は本物の生人形《いきにんぎょう》、後方の無数の裸女共は、毒々しい油絵、だが、パノラマの不思議なことは、その本物と絵との境がなくて、視野の限り打続く肉塊の群が、悉く本当の女亡者の様に、立体的で、ムズムズと蠢いてさえ見えるのだ。

血の気の失せた裸体がもがき苦しむ地獄絵と、その前に置かれた人形とが渾然一体となったパノラマなるものの迫力が見事に再現されている。血の池に浮かぶ人形の首といい、剣の山にのたうちまわる裸女たちといい、さらには業火の焔に身を投げ入れた乙女たちといい、まさに「生々しく痛ましき地獄絵」がそこには繰り広げられていたのだ。

園田＝蜘蛛男の悪だくみはもちろんこれだけにとどまるものではなかった。拉致してきた四九人の女性を毒ガスで殺害したうえに、ひそかに彼女らの死体と人形とを入れ替えて、開館式の来客たちの度肝を抜こうというのがほんとうの狙いだったのだ。しかしその計略は前述のように明智の活躍によって未然に阻止され、蜘蛛男は憤慨のあまり自死することになる。

ところでこのパノラマ館だが、蜘蛛男が無毒化されたガスをそれと知らずに場内に放出して、みずからはそこから脱出し、林の中からパノラマ館を遠望するシーンがあとのほうに出てくる。

彼は寝転んだまま、首を上げて、パノラマ館の建物を望み見た。ほのぼのと白みそめた空を区切って、怪物の様に真黒に聳えている円形の建物の頂上から、幽かに立昇る黄煙、アア、あの丸屋根の下には、断末魔の苦悶の姿をそのままに、四十九のねじれ曲った肉塊が転がっているのだ。と思うと、満ち足りた、ほのかな悲しみが、胸一杯に拡がって行った。

ここで、唐突なことをいうようだが、実は現実の花月園には、どうも「怪物の様に真黒に聳えている円形の建物」＝パノラマ館などは存在しなかったようなのである。見られる限りの案内図のたぐいを見ても、どうもないようなのだ。では、そのことと、見てきたような作中の鶴見遊園のパノラマ館事件とはどう関係するのだろうか。鍵となるのは、ほとんどの読者は鶴見遊園から花月園を連想し、実際には描かれなかった花月園全体の楽園ぶりを自然に思い浮かべながら作品を読んでいたのではないか、ということだ。

花月園の歴史

ここで少し寄り道をして、現実の花月園そのものについてこれまで明らかにされてきたことを紹介しておこう。花月園は、神奈川県鶴見町（現・横浜市鶴見区）の東福寺の土地三万坪を借り受けて、東京新橋の料亭花月亭の主人平岡広高が一九一四年に完成させた一大遊園地だった。児童向けの遊具や施設だけでなく、弁才天や稲荷堂、滝見茶屋、和洋の食堂、菊人形や、広大で多種多様な花壇など年輩者向けの設備もあり、さらには少女歌劇（ただしお伽歌劇中心）に活動写真、ダンスホールと、幅広い年齢層と階層向けに工夫が凝らされた娯楽の殿堂だったのである。

花月園における少女歌劇の創始は一九二二年五月。一九三二年にいったん途絶えたものの、その後復活し、一九四〇年まで続いた（春田竹酔「花月園少女歌劇の沿革（一）」『花月園』一九二七年六月）。また日本で最初のダンスホールとされる花月園舞踏場の開設は一九一九年。これは浮き沈みはあったものの一九三九年まで続いた。「老幼ノ遊園地」と「案内記」（『大日本職業別明細図・大横浜市ノ内鶴見区神奈川区保土ヶ谷区』一九三二年。『昭和前期日本商工地図集成第Ⅰ期――東京・神奈川・千葉・埼玉』一九八七年、所収）中で紹介されたのも、ダンスホールを始めとするこうした大人向けの娯楽施設も充実していたからであった。

なお呼称は最初の一〇年間くらいは「鶴見花月園」となっている資料が多い。『鶴見区史』（一九八三年）や齋藤美枝『鶴見花月園秘話』（二〇〇七年）などによると、（鶴見）花月園は戦時中の雌伏期を経て戦後に再開されたものの、一九五〇年に閉鎖、跡地には県営競輪場が建設された。合計で三六年間の寿命であったわけだが、そのなかでも全盛期は大正末から昭和初期にかけての時代とされる。その頃は一日平均の入場者数五万人、最高は七万人にも達したという。入場料は、震災前は大人五〇銭、子供（四歳〜一三歳）三〇銭だったが、その後六〇銭と三〇銭、七〇銭と四〇銭と二度値上げされたのち、一九二七年五月からは震災前の額に値下げされた。

全体の規模は当初の三万坪から大規模花壇（一万坪）などを増設した結果七万坪（時期により資料により、五万坪、一〇万坪と記されることもある）にまで拡大し、それとともに遊具や施設もバラエティーに富んだものとなっていった（図5-1）。『鶴見区史』や『鶴見花月園秘話』、横浜市立鶴見図書館所蔵の絵葉書類や花月園発行の雑誌『花月園』なども参考にしてそれらを時期不問で列挙してみると、こんな具合になる。

まず改札（入口）の左側には、塔、見晴山、ヒルウエター（ケーブルカー）、大山スベリ（長さ六〇メートルの滑り台）、展望塔、飛行船、釣橋、フシギ穴（タヌキ穴）、大弓、ダンス場など。右手には、アイススケート場。正面の広大な範囲には池や川などが至る所にあり、スワンボ

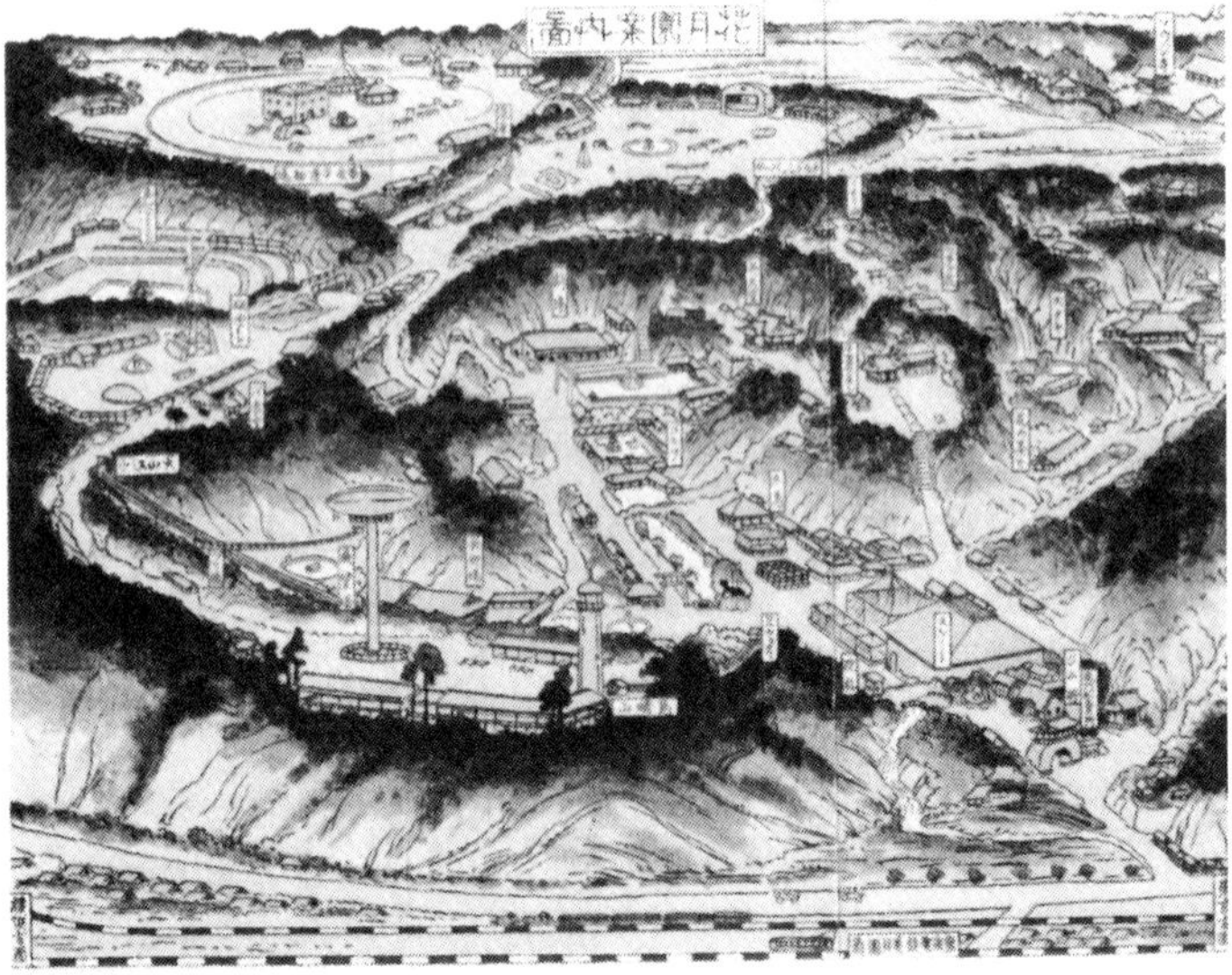

図5－1　花月園案内図（『鶴見花月園秘話』）

ート、舟アソビ、ゴルフ、水鳥、木馬、スカイト、歌劇場など。入口から左方向に登って行った所にある桜雲台には、グンカン塔、グランド、安全プール、シーソー、テニスコート、シャカ堂、音楽堂など。右方向に登っていくと、大瀧、最上イナリ、弁才天など。

　正面の高台には、チルドレンパーク、ピンポン場など。さらにその先の高台である黄金平には鬼の門をくぐって行くようになっており、そこには桃太郎の塔、メリーゴーランド、豆汽車、木馬、カンラン車、サークリングウエーヴ（回転式ゆりかご）、大運動場など。一九二七年秋からはアルプス登山遊戯場という、実際に山登りも体験できる三〇メートルの高さの鉄骨鉄鋼土台の巨大な山岳模型も登場した（海抜九〇メートルの高台に建設された）。その他、動物は至る所で飼われており、猿、熊、豹、シマ馬、孔雀、ペリカン、鶴、朝鮮馬、シカ、パンダ（一九二七年より）など。それ以外にも、宮島廻廊、世界名所めぐり、地獄極楽めぐり、電気自動車、鉄道馬車、活動写真場、室内スイミングプールなどがあり、レストランやホテルも園内に複数あった（図5－2）。

こうした規模と一九一四年という創設時期の早さから、花月園は東洋一の遊園地と呼ばれた。一九三二年刊の上村益郎編『旅行辞典』には、「花月園は、京浜間に於て最も大きい遊園地で、宝塚を小規模にした諸設備の外、広大な園内には、特に小児を対象とした諸設備が完つてゐる」とあるが、創設時期の点では今和次郎編『新版大東京案内』（一九二九年）が指摘するように、花月園が「本邦最古の児童遊園地」と言ってよさそうである（宝塚の場合遊園地の本格的なスタートは一九二四年）。

以上は花月園の歴史の復習を兼ねつつ、やはり花月園にはパノラマ館は存在しないようだということを念押ししてみたのだが、注目したいのは、『蜘蛛男』ではパノラマ館は、「鶴見遊園に今度パノラマ館が出来る」、「建物は已に外廻り丈けは出来上っている」、となっていたということである。このように書かれていれば、現実の花月園にパノラマ館がなくともいっこうにかまわない、ということになりはしないだろうか。

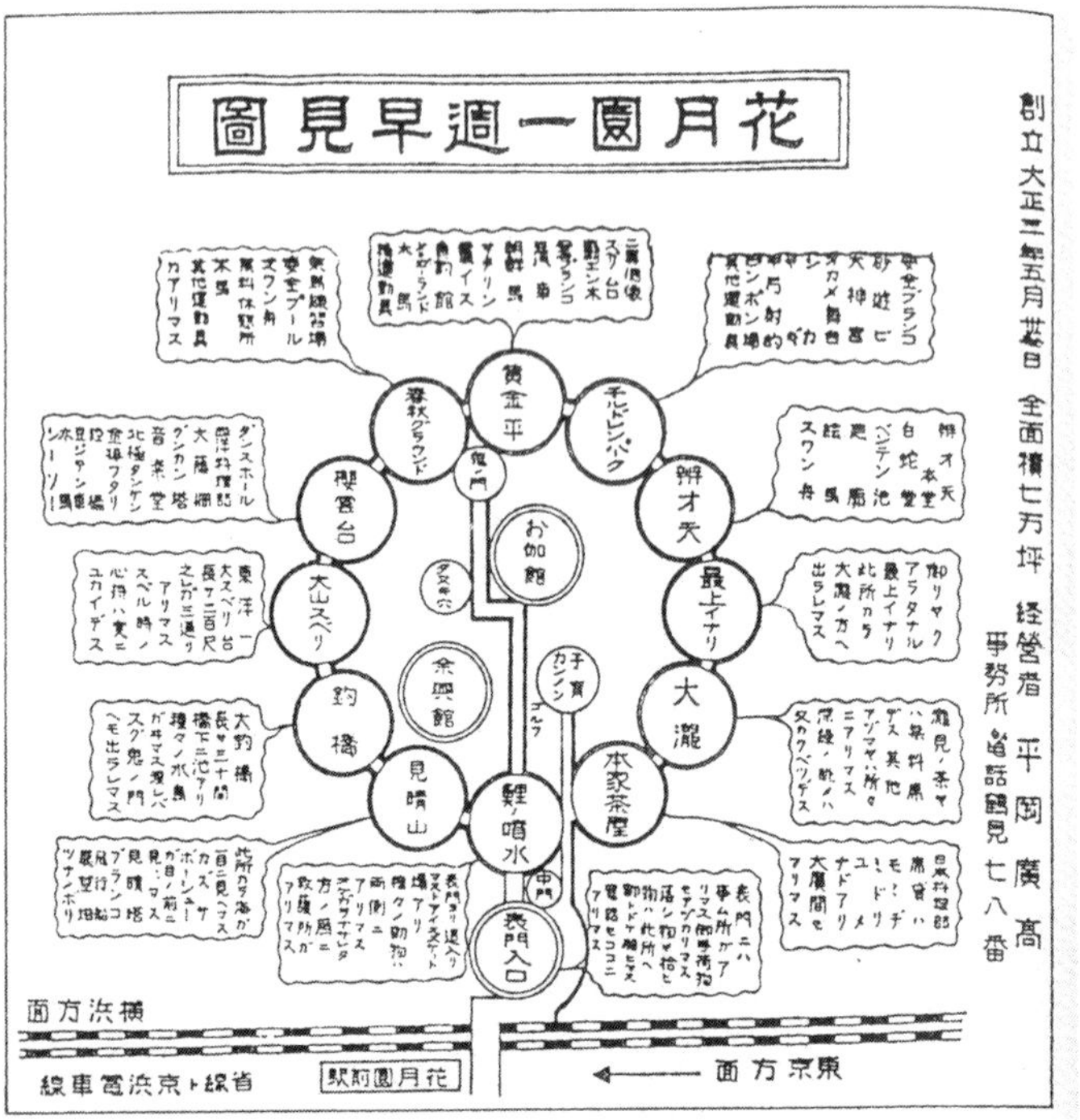

図5−2　花月園一週早見図（『鶴見区史』）

いずれにしても、鶴見遊園とあれば読者は花月園を連想する。そして現実の花月園にパノラマ館がなくとも、今度出来る、と聞かされれば納得し、あとは、前述のような花月園の楽園ぶりを、作中には書かれていなくともみずからの体験なども重ね合わせながらイメージし、それを読者の側が作中に補填する、とでもいうような仕組み、というか仕掛けになっていたのではないだろうか。

遊園地ブーム

ところで、花月園に続くかのようにこの時期には各地で遊園地が相次いで開設された。今和次郎編『新版大東京案内』の「東京の郊外」の章には「郊外電車と沿線の名所」なる節があって、各線ごとに行楽地が多数挙げられている。そのなかで、海岸や川、寺社や温泉などを除いて人工的な遊園施設を拾ってみると、まず小田原急行沿線では、座間の遊園地（四〇万坪）がある。京王電車沿線では多摩川に臨んだ遊園京王閣、武蔵野鉄道沿線（池袋―飯能）ではなんといっても豊島園だ。玉川電車沿線では玉川児童園、玉川第一遊園など。東京横浜電鉄・目黒蒲田電車沿線では、丸子園、多摩川園など。さらに京浜電車沿線には「本邦最古の遊園地たる花月園」があり、王子電車沿線には荒川の遊園地などがあった。

これを博文館編の『大東京写真案内』（一九三三年）と突き合わせてみると、こちらには「新東京遊園地（乗物と下車場所案内）」、「動・植物園案内」、「主なる公園（場所と広さ）」の一覧表があって、ここからは当時の人々の行楽に対する志向の実際をつぶさにうかがい知ることができる。

それぞれを紹介してみると、「新東京遊園地（乗物と下車場所案内）」は荒川遊園以下、二、三〇か所を紹介しているが、社寺や池、滝、庭園なども多く含んでおり、狭義の遊園地としては、荒川遊園、豊島園、多摩川園など。本文中の写真に付された説明では、荒川遊園は、人工と自然と相俟って、とあるように、遊具もあれば川や池もある遊園地であったようである。豊島園については「練馬城址の自然を利用して作られた城北の一大遊園地」とあり、また「敷地十万坪を越え、園内に設備されたあらゆる娯楽機関に要した費用がざつと百五十万円。しかも音無川が園中を貫流し、よく武蔵野の面影を存し」云々とある。

「動・植物園案内」は上野動物園と小石川植物園のみを紹介、前者の入園料は大人一〇銭、小人五銭で、観覧所要時間が一時間くらい、後者の入園料はその倍で、観覧所要時間は二時間くらいとある。

「主なる公園（場所と広さ）」は、日比谷公園、上野公園など全部で二二か所の公園を紹介している。最大は上野公園の一八万坪、ついで芝公園の一三万坪、隅田公園の五万六千坪、日比谷公園の四万九千坪などとなっている。一九か所の「既設公園」に対して、隅田公園、錦糸公園、浜町公園の三つが「復興公園」となっているのが帝都復興の時代を実感させられる。

一九三六年に刊行された『大東京の魅力』では行楽関係は「大東京の名所旧蹟」、「新市域の名所古蹟」、「温泉場其他へ――日帰りと一泊二日で行く」の三つの節で紹介されているが、遊園施設は主に「新市域の名所古蹟」の節に出てくる。重複を避けて拾うと、遊園地的な場所としては京成電車沿線の谷津遊園、ボート遊びなどの場所としては、目蒲電車沿線の洗足池（「近年遊行地として大発達」とある）、東横電車沿線の碑文谷公園（一九三三年開園）などが紹介されている。さらには『大東京写真案内』の「新東京遊園地（乗物と下車場所案内）」でも挙げられていた東武東上線沿線の兎月園（成増駅前）の比較的詳しい説明があり、「四季折々の花卉、緑樹も鬱蒼、風呂場も綺麗、座敷も清潔、遊園地であり、料理店であり、旅館でもあり設備は至れり尽せりで湯はラヂウム含有、園遊会などには好適地です」とある。

これらの至れり尽くせりの紹介ぶりからも、この時期、一種の遊園地ブーム、公園ブーム、つまりは行楽ブームがあったことがうかがえるが、それではいったいそれらの背景にあるものは何だったのか。

子供中心の暮らし

そのことを考えるにあたって、以下のような事例があることに注目してみたい。それは、この頃『東京朝日新聞』夕刊紙上で連載されていた「我子のしつけ方」という問答形式のコラムの存在である（一九二八年）。

七、八歳までの幼児を取り上げた「幼年の巻」と、七、八歳から一四、五歳までの少年期を取り上げた「少年の巻」とからなるが、新聞読者からの質問とそれへの回答からなるこの欄をのぞくと、当時の家族を取り巻く環境やその様子を、まざまざと想い描くことができる。

「我子のしつけ方」というタイトルである以上当然とも言えるが、これらの記述を読むと、当時の家族の暮らしがいかに子供中心に営まれていたかがわかる。そしてそのなかでも目立って多いのが、休日の行楽がらみの記述なのである。日曜になるとたいてい動物園や郊外の牧場、公園などに行っている。それに関連して、こんな記述がある。

或る月曜日のことでした。やつと学校へ上つたばかりの長男は、いつもの元気に似ず、大変打ち沈んで帰つてまゐりました。「Kや、何うかしたの。お腹でも痛いの」と私が訊ねますと、首を振つたきりで、別にはつきり答へようと致しませんので、いよいよ不審になりました私は、いろいろなだめて聞いてみますと、今日先生が、「昨日の日曜に何処かへ遊びに行つた人は、手を挙げなさい」と云つたら皆お友達は手を挙げたのに、僕は行かなかつたから挙げなかつたら、皆に笑はれたといふのでした。

休日の行楽がほとんど強迫観念化していたことがわかる。また、「立派な一員／家庭で意見尊重／みんな平等に」との見出しのある回では、重点は子供の意見尊重を説くほうにあるが、その例として、「例へば今年の夏はどこへ家族でゆこうといふことも、両親から子供等に相談し、山とか海とかを決め、次に山ならどこ、海ならあそこと話合つてそれから他のことも考慮して決めます」とあって、暮らしのなかで子供の楽しみがことのほか重視されていたことがうかがえる。ちょうどこの連載中に、「都の俗塵を避けて／自然公園村山貯水池へ／一日の清遊を奨む」と題された記事があって（一九二八年五月二七日）、そこにはこのように記されていた。

空気は清く、地域は雄大、風光明媚、ことに昨今青葉茂れる新緑の村山貯水池に、御家族お友達など打揃つて林間に味ふお手製弁当の味は又一しほ、まことに市民の楽園の名にそむかぬ理想的自然公園です。画題は豊富ですからカメラを御持参になればなほ一層の興味がありませう。

煤煙の巷たる都会から逃れて、いかに人々が郊外や行楽を渇望していたかがわかるが、こうした傾向を総称して遊園地の時代と呼ぶこともできよう。この時期、これほどまでの遊園地ブーム、行楽ブームが起きたのは、郊外住宅地開発ラッシュや文化住宅ブームとも密接に関連する家族観や家族構成の変化――〈近代家族〉の台頭が背景にあったからであった。子供中心の核家族の増加が住宅ブームや行楽ブームを招き寄せたのである（第10章「〈近代家族〉の誕生」参照）。

『地獄風景』と『パノラマ島綺譚』

そんななか、時代の動きに敏感な乱歩作品にも遊園地が登場することになるわけで、『蜘蛛男』はその代表的な例だ。そしてその少し後に発表された『地獄風景』（一九三一〜三二年）では、地名こそ「M県Y市」とカムフラージュされているが、喜多川治良右衛門なる人物が「百万の資財を投じ」て「三万坪の広大な敷地」に造ったジロ楽園なる巨大遊園地が花月園を彷彿とさせる。ここで治良右衛門はさまざまな遊具や施設を利用して殺人ゲームふうに連続殺人を試みるのだが、花月園のそれとすべてが重なるわけではないものの、観覧車、メリーゴーランド、ウォーターシュート、ゴンドラ、プール、大鯨の胎内巡り、地底の地獄巡り、木馬館、浅草十二階ばりの摩天閣、大迷路、巨大な射的場、などが巨大遊園地としての花月園を連想させる。

乱歩は『蜘蛛男』や『地獄風景』以前にも、『パノラマ島綺譚』（一九二六〜二七年）という、途方もない遊園地ものを書いているが、乱歩における遊園地が近代家族の出現を背景とする遊園地ブームからのみ生まれたものでないことはハッキリしている。乱歩自身そのことについては何度も触れており、乱歩はこれを「パノラマ島趣味」とか「パノラマ島幻想」と呼んでいる。すなわち日常とは違った今一つの世界への憧れであり、それを具体化して見せてくれるのがパノラマ館であり、ひいては遊園地的なものだったのである。『パノラマ島綺譚』の創作意図について「『パノラマ島綺譚』——わが小説」（『朝日新聞』一九六二年四月二七日）では、少年時代からの「日常生活とは全くちがった『今一つの世界』」へのあこがれがその根底にあったと述べている。「今一つの世界」とは、乱歩の説明によれば、本を読むことで参入できる物語の世界と、パノラマ館の見世物などのなかに現れる「架空の別世界」とのふたつを指しているが、乱歩独特の感性がみてとれるのは、もちろん後者の「今一つの世界」＝「架空の別世界」のほうである。

パノラマ館の見物人たちは、まっ暗な地下道を通ることによって現実世界から切り離された上、円筒形の館の中央の丸い台の上に導かれる。その見物台から十間（一八メートル余り）ほどの半径で、巨大な円筒形の油絵の背景がグルッとまわりをとりまいている。画面に、目もはるかにうちつづく地面があり、地平線があり、描かれた空がある。その油絵の背景の前に、ほんとうの地面と、ほんとうの岩や草があり、人間や動物の生き人形が、いろいろなポーズで立っている。

背景の油絵と実物の境界線が巧みに隠されているので、油絵で描かれた遠景の中の人や動植物も、立体として錯覚せられる。それはどこにも切れ目のない、一つの全き世界なのである。パノラマ館のそとには現実の東京の町と雑踏があるのだが、それが忽然として消えうせ、そこに架空の別世界が突如として実在するのだ。異国のパノラマ館の発明者は、現実の世界を円筒で区切ることによって、そこに全くちがった二重の世界を創り出そうとしたのである。

私の小説『パノラマ島奇談』（著者自身、奇談、奇譚、綺譚を混用している――藤井注）は、そういう不思議な二重世界を、無人の孤島の上に創り出そうとしたものであった。

『パノラマ島綺譚』の主人公人見広助は、彼と瓜二つの菰田源三郎の急死につけ込み、土葬された菰田の死体と入れ代わって蘇生した菰田をよそおい、手に入れた巨額の富を使って年来の夢である理想郷の建設にまい進する。「直径二里たらずの小島」である沖の島に「夢の国地上の楽園」をつくろうというのである。

『パノラマ島綺譚』の構成は、首尾よく菰田になりすますまでの前半部分と、北見小五郎なる文学者によって人見の途方もない企みが暴かれる結末部分とを除いた残りのほとんどが（全体の半分近く）、菰田になりすました人見が菰田の妻の千代子を連れて完成した「パノラマ国」におもむき、遊園地ならではの趣向や仕掛けを読者代表ともいうべき千代子に披露し体験させる部分にあてられている。

読者の遊園地体験という観点から言えば、『パノラマ島綺譚』や『地獄風景』がその至れり尽くせりの楽園描写によって受け身のそれでよかったのに対して、『蜘蛛男』のほうは前述のように読者みずからが遊園地イメージをふくらませていく能動的なそれが期待されていた、という違いこそあるものの、どちらの場合も、時代の遊園地ブームと乱歩ならではの「今一つの世界」志向とが重なり合うところに作品が生まれていたという点は共通している。

昭和モダン期の大衆が愛してやまなかった遊園地のもう一つの顔、それが乱歩の熱望する「今一つの世界」＝「架空の別世界」であったというわけである。

第6章
巨大ランドマークの迷路──国技館

モダン東京高層建築物事情

国技館はモダン東京を代表する巨大ランドマークの一つだった。国技館には初代（一九〇九〜一七年）と二代目（一九二〇〜八三年）があるが、巨大ランドマークという位置づけは当初から一貫している。

「東京名物の一つに数へられてゐる江東橋畔の大鉄傘」（大の里万助『相撲の話』一九三三年）とか、「東洋でも指折りと云はれる大きな建築」（遠藤早泉『地理と歴史趣味の東京物語』一九二五年）とかいった評判は、乱歩と関わりが深い二代目に対するものだが、そうした見方も初代から一貫していた。一九一七年に失火で全焼したものの、再建にあたっては規模を少し大きくしただけで設計者も設計方針も継承されたために、いろんな面で一貫性が維持されたのである。

神田ニコライ堂のドーム、本所公会堂のドームと並んで大東京の三大ドームと称されたがその評判を決定づけた。塔頂までの高さは初代が一一八尺（三五メートル）、二代目が一四三尺（博文館編纂部編『大東京写真案内』一九三三年）、何よりもその高層ぶりがランドマークとして（四三メートル）と多くの文献にあるが、これは浅草十二階などの塔を除けば当時の東京でもっとも高い建築物だった。

何しろ一九二〇年には俗に百尺規制と呼ばれる高さ制限が設けられて、一九二三年竣工の丸ビルが一〇三尺（三〇メートル余り）、それより前の一九一八年竣工の海上ビルが九〇尺（二七メートル）、数年後の一九二五年竣工の松屋銀座店ビルが一二〇尺（三六メートル）、といったような高層建築物事情だったのである。

のちに国技館を上回ることになるのは、一九三一年竣工の警視庁ビルの主塔の一五〇尺（四五メートル）が最初とみられているが、実は一九三六年竣工の国会議事堂も、中央塔まで完成した建築中の外観写真が一九三〇年前後に刊行の書物の中にみられるから、最高層の建築物の座は三〇年前後には、警視庁ビルなり国会議事堂なりに明け渡していたとみたほうがいい。とりわけ、海抜九八尺（三〇メートル）の地点に立ち、中央塔の高さが二一六尺（六四メートル余り）の国会議事堂の雄姿は、東都の最高層の建築物という栄誉にふさわしいものであった。

国技館の歴史

ここで国技館の歴史を簡単に振り返ってみると、初代の国技館は本所の回向院境内に一九〇九年に建てられた。「古代羅馬の建築に擬ふ兜形鉄骨の大建築物」（山田市次郎『東京ガイド』一九一六年）で、鉄でできた傘を連想させるところから当初から大鉄傘と呼ばれた。建物内部の中央の高さは二五メートルにも達し、収容人数も一万三千人と言われたが、完成翌年の一九一〇年には六〇年ぶりの大洪水の被災者一万五千人を受け入れてもいる。

もともと回向院は相撲興行の本場であり、天保年間からは春秋の常設場所も開催されていたので、その縁で回向院が建設場所に選ばれたのである。設計は東京駅の設計などで知られる日本を代表する建築家の辰野金吾と、その教え子で辰野と共同で建築事務所をひらいていた葛西萬司。

この異様な形の国技館に対して違和感を抱く人々も少なくなかったようで、児玉花外は『東京印象記』（一九一一年）のなかで、こんなふうにこぼしている。

> 両国といふと、回向院の相撲が付物だ。角力も国技館と為つて、建物は洋式の堂々たるものだが、其生命たる真率放胆の角力道は、追々錆びれたのは遺憾である。金銭上の

利益問題に苦労する様では、矢張り以前の、相撲小屋で櫓太鼓の時の方が、単純淡泊で宜しかつた。

ペンキ塗の国技館に成つて、大髻裸体が土俵に格闘すべきが、芸人的に且つ八百長等行はれるは残念だ。広濶い鉄骨の建物は男性的で結構だが。

小利巧に智に囚はるゝ現代に、相撲丈は赤裸々に、天真の儘で有てほしい。

本所両国橋の袂、一月と五月の空に、蓆掛の小屋、雲も無い青天井高い櫓太鼓が河風に響いた、其の昔が懐かしいのである。


回向院境内での小屋掛け興行時代の様子については、舟橋聖一が実母の体験として、隣接する江東小学校の生徒たちが相撲場の大喝采に注意を奪われたり、裏木戸の番人と顔馴染みになって場内にフリーパスで入れてもらったり、というような牧歌的なエピソードを紹介している（『相撲記』一九四三年）。そうした往時を懐かしむ人々もいるいっぽうで、斬新なデザインを売り物にした丸屋根の国技館は次第にモダン東京を代表するランドマークとしての地位を確立していったのである。

そんな矢先、建築後一〇年も経たない一九一七年に初代国技館は失火で全焼する。骨組みこそ鉄骨であったものの、外壁は板壁で「ペンキ塗」であったために、火災にはひとたまりもなく、燃え盛る板壁の高温は鉄骨をも溶かす勢いであったという。その反省のもとに、今度は鉄骨をコンクリートで覆うかたちで二代目国技館が初代と同じ葛西萬司の設計により再建されたのは一九二〇年であった。

初代の設計思想が継承され、大鉄傘のスタイルもそのままだったが、収容人数は三千人増えて一万六千人となった。円形の屋根の頂の高さは前述のように四三メートル。一月、五月に開催される春、夏場所のほか、政治集会や演説会の会場としても利用され、七月には納涼大会、一〇月から一一月にかけては大菊花展覧会が催された（山崎鋆一郎『帝都の展望』一九三四年）。この菊花大会は初代の時からあり、一九一六年刊の『東京ガイド』も「秋は菊の名所にして団子坂亡ひたる後の満都の人気を独占す」と紹介している。

一九一七年の火災後、再建された一九二〇年の菊花大会の広告を見ると、「お待兼ね三年振りの開園、本館独特の電気応用大道具大仕掛け意匠嶄新、場面廿余、人形総数二百」とあって、その意気込みのほどがうかがわれる。

国技館は二代目再建後も、一九二三年の関東大震災、一九四五年の東京大空襲と、二度にわたって大きな被害を受けたが、初代の時のような全壊には至らず、どちらの場合も改修によって復活している。戦後は連合軍によって接収されてメモリアルホールとなり、接収解除後は国際スタジアムと名をかえ、その後は日大講堂として一九八三年の解体まで生きながらえた。

国技館の異様な外観

ところで乱歩との関わりでいうと、モダン東京を代表するランドマークとしての高層ぶりもむろん乱歩の関心をひいただろうが、乱歩がもっと引き付けられたのは、その異様な外観のほうだった。すでに紹介したように「古代羅馬の建築に擬ふ兜形鉄骨の大建築」とか「大鉄傘」といった形容をはじめとして、「大きな薬罐の蓋のやうに蹲つてゐる」（『大東京写真案内』）とか、「円筒ニ屋根ヲ覆ヒタルカ如キ特殊ノ形」（東京市衛生試験所編『第五回東京市衛生試験所報告・学術的報告』一九二九年）とかいった工夫を凝らした形容は枚挙にいとまがない。

乱歩自身はさらにこれらに加えて、「お椀をふせた様な、唯一室の丸屋根」（『吸血鬼』一九三〇〜三一年）とか、「支那人の帽子のお化けみたいな、べら棒に大きな、しかも古風な大建築」（同前）とかいった言い方をしているが、こんな形容の工夫ひとつとってみても、乱歩がこうした異様な外観ゆえに国技館にひきつけられたのだということがよくわかる。

ところで乱歩はこの国技館（二代目）を『吸血鬼』のなかに登場させているが、そこでは国技館内部の「迷路」が重要な役割を演じているので、その様子をうかがわせる資料を先に紹介しておこう。前掲『第五回東京市衛生試験所報告・学術的報告』は、「円筒ニ屋根ヲ覆

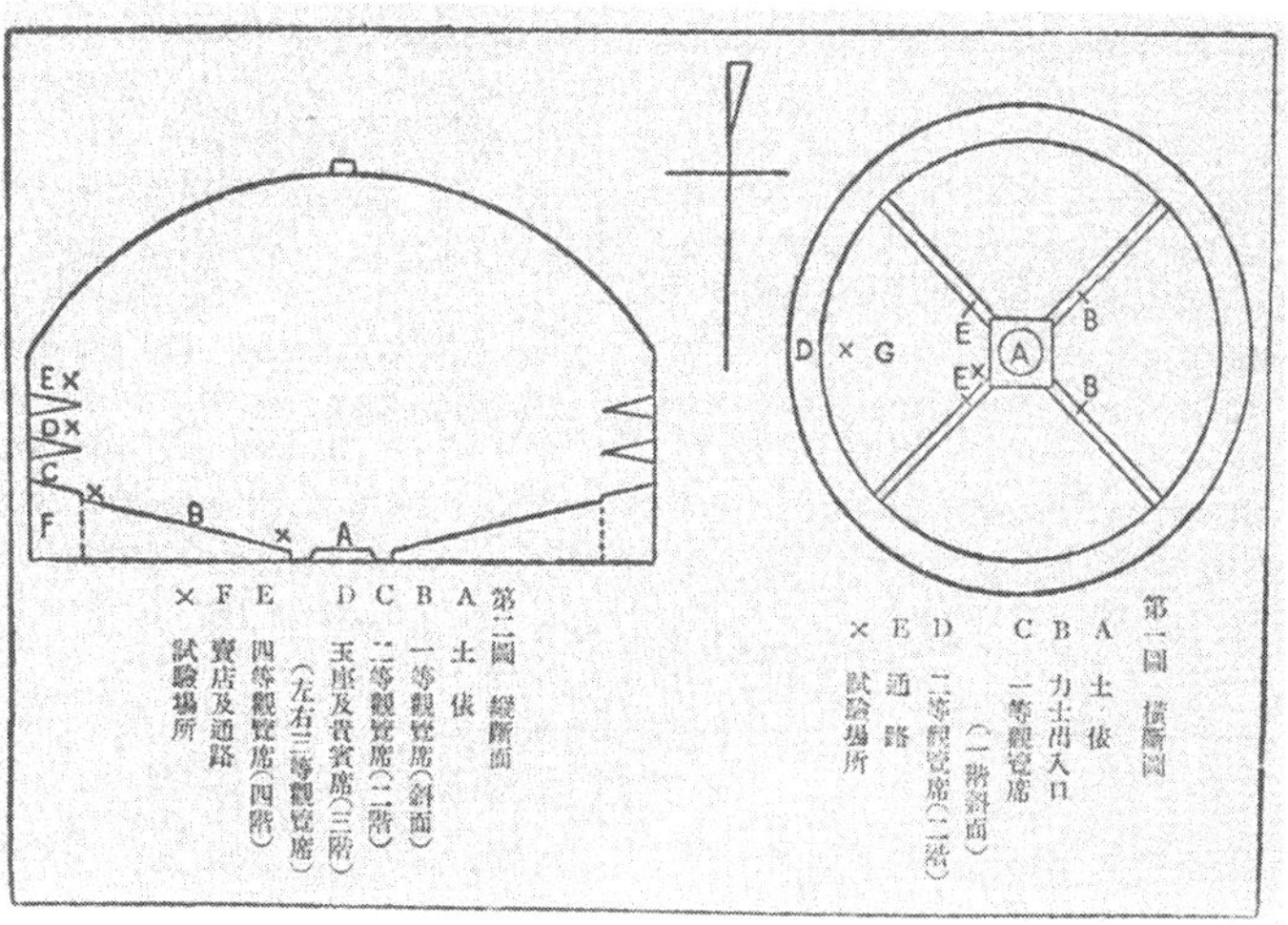

図6－1　国技館の横断図・縦断図（東京市衛生試験所編『第五回東京市衛生試験所報告・学術的報告』1929年）

ヒタルカ如キ特殊ノ形ヲ有シ一千余坪ノ尨大ナル一室」=「隔壁ナキ一室」に多人数を収容した場合、どのような「室内空気ノ変化」が見られるかを調査したもので、そこに内部の横断図と縦断図が載っている（図6－1）。

それによれば、内部は四層から成り、土俵から放射状に広がる一階斜面上には枡席（一等観覧席）があり、それをまわりから見下ろすように内部を一周するかたちで二階、三階、四階の席が設けられていた。二階には二等観覧席、三階には三等観覧席と玉座及び貴賓席、そして四階には四等観覧席、という配置になっている（図6－2）。

ちなみにこれが初代では、一階斜面上（「円形の座敷」と形容されている）の端の方

図6－2　国技館内部のイラスト（中沢弘光『日本大観』1922年）

には椅子席が設けられ、中心部に近い方が特等の桟敷席となっていた。そして二階が一等、三階が二等、四階が三等で、玉座と貴賓席は初代では二階にもうけられていた（杉浦善三編『相撲鑑』一九一一年）。

国技館の迷路構造

国技館の構造が複雑なのは、一階が「隔壁ナキ一室」であったり、二階以上が円筒型の建物の内側を一周するようなかっこうになっているからだけではなかった。図6－1でもわかるように、一階の「円形の座敷」の床下には広大な空間が広がっていたのである。そこには木戸口や売店、事務所や支度部屋などがおかれ、力士たちは四本ある通路（花道）の途中の「力士出入口」（図6－1参照）を利用して上下を行き来し、いっぽう観客たちも木戸口から入ると花道を通って一階の桟敷のほうに向かったり、階段を利用して上階の席に行ったりしていたわけで、いずれにしても、この広大な床下の空間を使いこなせないと、トイレにも行けなければ席にも戻れないという仕組みだったのである。

　こうした構造が不慣れな入場者をまごつかせたであろうことは容易に想像がつくが、前掲『相撲の話』は複雑な館内の説明に多くのページを割いて、迷子の「悲喜劇」や「失敗」を「未然に防がう」としている。

……例の国技館の内部と来たら、あの通り尨大な構造が構造だけに、一度や二度入つた位ぢや何処がどうやら、田舎者の東京見物と同じで、更に見当がつきやしない。だから相撲を見に行つて便所に立つたり、或は売店へ買物に出かけたりしたのはいゝが、いざ帰ろうと引返したものゝ、今までゐた自分の桟敷や坐席が解らなくなつて、眼の色を変へながらグル／＼探し廻つた揚句、二三十分もかゝつて漸く探し当て、先ず安神と胸を撫でおろしながらよく考へて見ると、何んのことだい、其処は先刻から幾度となく通つた所、即ち同じ所をグル／＼廻つてゐた訳なんだ、などゝいふ悲喜劇が、日に何度となく演ぜられる。

そこで同書は「まず木戸を入ると」と、観客の動線にそって詳細な「館内の案内」をこころみているが、それによれば広大な床下の空間には、木戸事務所、警官詰所、救護班の休憩所、東西の支度部屋、行司部屋、などがあり、それとは別に、便所、公衆電話室、売店などもあった。そしてそれらが「薄暗い桟敷下の通路」で結ばれていたのである。

出入口としては、木戸口のほかに、検査役や年寄連が出入りする協会の裏口、茶屋の若衆らが出入りする裏木戸などがあった。二階への階段も当然あり、四本ある花道のわきをはじめとして全部で六本あったという。

以下、説明は二階以上にも及んでいるが、「迷路」とか迷子とかいう観点からいうと、「薄暗い桟敷下の通路」で結ばれた床下の空間と、もう一つは、一階斜面上の桟敷席が鬼門、ということになる。二階以上なら「坐席の上に番号の札が下つてゐるから」それを記憶していればいいのだが、桟敷席ではそういうわけにはいかない。「余程注意をしないと用達にでも立つたが最後、大抵は自分の坐席が解らなくてマゴマゴするものである」。

迷路性への着目

大の里万助の『相撲の話』に付された、この「国技館案内」という至れり尽くせりの案内文をみると、国技館の迷路性は相当に知れ渡った特徴であったのではないかと思えてくる。だとすれば、『吸血鬼』という作品において、モダン東京を代表するランドマークである国技館を舞台として取り上げただけでなく、その核心ともいうべき迷路性に着目し、それを作品展開に巧みに取り込んだ乱歩の慧眼と読者サービスぶりには驚かされる。

『吸血鬼』とは一口で言ってしまえば、お金に目がくらんで兄を捨てた女性に弟が復讐をする話だが、そこでは国技館は、明智の恋人の文代が誘い込まれ、最後は賊がその丸屋根の上から広告風船につかまって逃走をはかる、その舞台として使われている。ただしここで描かれるのは大菊花展覧会開催中の国技館なので、そこでの迷路性は、「薄暗い桟敷下の通路」で結ばれた床下の空間のほうは変わらないが、もう一つは階上の、大小さまざまな仕掛けや装飾、菊人形で埋め尽くされた菊人形展の〈森〉のほうに求められなくてはならない。

国技館前で車から降りた文代が、黒ずくめの男に先導されて菊人形展の〈森〉のなかに入っていく様子はこのように描かれている。

二人はボソボソと囁きながら、蝸牛《かたつむり》の殻の様に、グルグル曲った、板張りの細道を、奥へ奥へと歩いて行った。

両側には、菊人形の様々の場面が、美しいというよりは、寧ろ不気味な、グロテスクな感じで、並んでいた。そして、むせ返る菊の薫りだ。

文代は、段々男の言葉を信じなくなっていた。恐ろしい疑いが、黒雲の様に、心の中に群がり湧いていた。

さらに読み進んでいくと、その先の方には菊人形展の〈森〉の詳細な描写もある。

行く程に、菊人形の舞台は、一つ毎《ごと》に大がかりになって行った。丹塗《にぬ》りの高欄美々しく、見上げるばかりの五重の塔が聳えている。数十丈の懸崖を落る、人工の滝つ瀬、張りボテの大山脈、薄暗い杉並木、竹藪、大きな池、深い谷底、そこに天然の如く生茂る青葉、薫る菊花、そして、無数の生人《いき》形だ。

あの大鉄傘の中を、或は昇り、或は下り、紆余曲折する迷路、ある箇所は、八幡の藪不知みたいな、真暗な木立になって、鏡仕掛けで隠顕する、幽霊まで拵えてある。

先にも引いた当時の広告には「本館独特の電気応用大道具大仕掛け意匠嶄新、場面廿余、人形総数二百」とあったし、夏に同じ会場で開催された納涼大会の広告には「本水　那智の大瀑布」、「鏡のトンネル」、「水泳ブランコ（御使用御随意）」などともあったわけで、いずれにしても明治期のパノラマ興行などにも通じる大がかりな、ある意味荒唐無稽な仕掛けの数々があったことがわかる。

床下の迷路

ここまでが階上の〈森〉の迷路だが、国技館には前述のように広大な床下の空間の迷路もあった。そして乱歩はここにも周到な目配りをみせるのである。

お椀をふせた様な、唯一室の丸屋根の下は、これ以上複雑に出来ぬ程、複雑に区切って、その中を上に下に、右に左に、のたうち廻る迷路の細道だ。しかもそれで一杯になっているのではない。ここかしこに、見物の通れぬ裏通りが出来ている。芝居の奈落みたいな所、がらくた道具を積上げた物置様の箇所。

通路の所々に開いている、非常口の扉の奥を覗いて見ると、薄暗い、舞台裏の長廊下を、係員などが、物の怪の様に、さまよっているのが、不気味に眺められる。

「人工瀑布に水を上げる為のモーターポンプが、やかましく轟き渡っている中で」文代は、男が外套のポケットの中に隠し持っていた金属製の容器をひそかに抜き取るのに成功する。そしてその中に麻酔薬をしみこませたガーゼ様のものがあるのを察知すると、中身をすり替えるために「通路から少し引込んだ所」にある化粧室に向かう。

前掲『相撲の話』によれば、化粧室があるのがすでに床下の空間と思われるが、中身をすり替えた容器を男の外套に戻した文代がふたたび男に導かれて進んでいくと、またしても床下の空間へとつながる道が前方に見えてくる。

「こちらです。この中に明智さんが待っているのです」

そういって、男が、壁と同じ模様の、隠し戸みたいな、小さな扉を押すと、無論鍵なんかかけてないので、なんなく開いた。

扉の向うには、薄暗い、芝居の奈落の様な感じの長い廊下が見える。

その廊下に、また小さな扉があって、そこをくぐると、六畳敷程の、殺風景な小部屋だ。

文代が押し込められた床下のこの部屋こそは「この建物全体の電燈を点滅する」配電室だったのだが、男ともみ合う中で、文代は「大元のスイッチ」を切ったりつないだりした。有名な、S・O・S信号を送る場面だが、階上の余興舞台前の広場で少女たちの素足踊りを見上げていた「数百人の群集」にも電燈の点滅は知覚されたものの、それが「救いを求める非常信号」であることに気づいたのはひとりの青年だけだった（場内整理係の男や群集は青年の言葉に耳を貸さなかった）。

しかし、文代を救うべく国技館めがけて疾走する自動車の中にいた明智に、その意味がわからないわけがなかった。「真黒な大空に、ベラ棒に大きな、支那人の帽子みたいな、丸屋根を縁どって、輻射状の、異様な星がつらな」るその「星共が、パチパチ、パチパチと、ある拍子を取って、一斉に瞬いた」その意味が「S・O・S」であることを悟って、明智は国技館に急行する。

かくして客を立ち去らせたあとの閑散とした階上と階下を含めた広大な空間での、明智と小林少年による、拉致された文代さん捜しが始まる。前段では男と文代さんが彷徨した菊人形展の〈森〉を、今度は明智らがさ迷い歩くという趣向だ。

「場内で一番薄暗い、見上げる様な並木と、竹藪とにとり囲まれた箇所」。そこに陸軍士官に変装した何者かが現れたかと思うと、今度は「立ち並ぶ杉木立の、殆ど真暗な中に、破れすすけた庵室が建っている」「『清玄庵室』の不気味な場面」へと移る。そこでは「庵室の舞台の奥の暗闇」の「白張りの提灯」が、「鏡仕掛けのトリック」で清玄の亡霊になりすました賊の顔に入れ代わるという奇想天外さだ。

もう一つのトレードマーク

菊人形展の〈森〉を舞台とした明智らと文代さんを拉致した賊との追いつ追われつの活劇はなおも続くが、そのあげくに舞台は、表向きはこれこそ国技館のトレードマークとも言うべき「巨大な丸天井」へと移る。

べら棒に大きな、傘の骨みたいに、輻射状に拡がった鉄骨を、じっと見つめていると、フラフラとめまいがする様だ。非常な高さと、非常な広さが、いい知れぬ恐怖を誘う。その鉄骨の頂上に近い部分に、一人の洋装婦人が、豆粒の様に、ぶら下っているのだ。

賊に拉致された文代さんかと見えた洋装婦人は、あとのほうでは文代さんの機転ですり替えられた人形であったことが明かされるが、肝心の賊の方は、またしても国技館のトレードマークを利用して脱出に成功してしまっていた。

丸天井の頂上には、ポッカリと丸い孔《あな》があいていて、その外に、別の小さな屋根が塔

図6－3　国技館鳥瞰。通風口らしきものも見える（『大東京写真案内』）

の格好でとりつけてある。つまり一種の通風孔なのだ。

賊はその通風孔から、屋根の上へ、文代さんを連れ出そうとしたのかも知れない。

迷路構造から始まって「巨大な円天井」へと、国技館のトレードマークともいうべき特徴がことごとく作品展開に見事に生かされている（図6－3）。丸天井の通風口から外に出て丸屋根の上で繰り広げられる格闘劇、さらには菊花大会と染め出された飛行船型の広告風船の縄を切って大空へと逃走する賊のくせものぶり。国技館ならではの読者にお馴染みの構造や特徴がフルに生かされているのである。

乱歩が作中に国技館を登場させるにあたって、読者に周知のこの建物の特徴を生かす手際は至れり尽くせりで、見事というほかはない。ここでもう一度、なぜ国技館か、ということを整理してみると、見てきたような作品展開への利用というメリットももちろん計算に入っていただろうが、より重要なのは、やはりランドマークとしての知名度・話題性と、さらにはその独特の形状に乱歩が惹きつけられていたからではないだろうか。

明治の昔、流行した、パノラマ館、ジオラマ館、メーズ、さては数年前滅亡した、浅草の十二階などと同じ、追想的な懐かしさ、いかもので、ゴタゴタして、隅々に何かしら、ギョッとする秘密が隠されていそうな、あの不思議な魅力を、現代の東京に求めるならば、恐らくこの国技館の菊人形であろう。

支那人の帽子のお化けみたいな、べら棒に大きな、しかも古風な大建築そのものが、既に明治的グロテスクである。

（『吸血鬼』）

報知新聞と相撲

乱歩の国技館への偏愛ぶりを雄弁に物語っている個所である。最後に、なぜ国技館か、ということに関してもう一つ重要な理由を付け加えておこう。『吸血鬼』が連載されたのは『報知新聞』だったが、連載の直前に、報知新聞社は大日本雄弁会講談社の野間清治を社長に迎えてさまざまな刷新を図り、その一つとして、一九三〇年五月には「体育奨励と国技振興の目的から、両国国技館の本場所直後、報知式古式相撲大会」を催している（青木武雄『報知七十年』一九四一年）。「そして、これを第一回として、爾来帝都の年中行事として、ますます盛んに続行されてゐる」。『吸血鬼』の連載開始は第一回相撲大会の四か月後の九月からであり、だとしたら『吸血鬼』の国技館は明らかにそうした経緯と因縁とを踏まえた登場であり、掲載紙への挨拶であるとともに会心の読者サービスでもあったのである。

夏目漱石が『虞美人草』で京阪の読者へのサービスとして京都を登場させたり、『行人』に朝日新聞社主催の巡回講演会の副産物として和歌山を登場させたりしていたことが思い出されるが、そうした〈挨拶〉と〈サービス〉も、大衆読者向けの娯楽作品にはきわめて重要な要素なのである。

第7章
プチホテルの愉楽

車町への転居

乱歩のプチホテルの愉楽について語ろうとすれば、まずは、乱歩がそのころ住んでいた車町（芝区）の近世から近代にかけての変遷について語らなければならない。『風俗画報臨時増刊新撰東京名所図会第三十三編芝区之部二』は一九〇二年の刊行だが、かつて伊能忠敬が車町にあった高輪大木戸を測量の起点としたことに触れて、ここが「地位翼然として芝浦の全景を領し、風光尤も佳なりとす」といわれるほどの景勝地であったがゆえに起点に選ばれたのではないかと推測している。

そしてそれを受けて、車町の一九〇二年時点での「景況」については、このようにまとめている。

芝車町は旧江戸入口にして、今も品川停車場其の近きに在り。鉄道馬車も頻繁に往来し居り。殊に四十七士の墓といふ名物を有し居れば、日を逐ふて益々繁栄す。其の海浜に臨める割烹楼など、眺望甚だ奇なり。元旦及び二十六夜は特に宴客多し。

「四十七士」云々は泉岳寺のことを指すが、近世の景勝地ぶりを引き継いだ「眺望甚だ奇なり」と評されるような明治期のこうしたイメージがいつ頃まで人々の間に残っていたかはわからないが、乱歩が一九三三年四月に、下宿人争議以来無人のままで放置され、持て余していた下宿屋「緑館」（戸塚町）にようやく買い手がついたことから、新たな転居先として車町八番地の土蔵付きの借家を選んだ際に、こうした江戸以来の風光明媚の地というイメージがプラス要因として働いた可能性もないとは言えないだろう。

もっとも、乱歩自身がそうした証言を残しているわけではない。乱歩が主として言っているのは、土蔵を改造した洋室の「天井がバカに高いのと、土蔵のことだから壁の厚いのが、私の気に入った」（『探偵小説四十年』一九六一年）ということであり、さらには「このときまで洋室のある家に住んだことがなかったので、この土蔵洋室を、私流に飾りつけてやろうと考えた」のがもう一つの理由であった。

同書によれば決定までの経緯は、

元は質屋だったらしく、玄関を入ると土蔵があり、これが二階の床を取り去って天井の高い洋室に改造されていた。十坪ほどの洋室である。（中略）この土蔵洋室のほかは普通の日本建て二階家で八、八、六、六、六、三、三、二の八室に湯殿と物置がついていた。家賃は一年千円であった。（中略）

庭は二十坪ほどの狭いもので、すぐ裏が一段高い屋敷になっていて、謂わば崖下の感じで、階下の部屋は日当りが悪く、ひどく陰気だったが、土蔵の洋館が気に入ったので、ほかのことは余り考えないまま話を極めてしまった。

というようなことだったらしい。

「私流に飾りつけ」の委細も同書に詳述されている。「なるべく古風に、イギリスの十九世紀あたりを目標に」、まずは壁いっぱいの書棚、デスク横に置く楢の本箱、接客用の桜の丸テーブル、椅子、花瓶台などをすべて「ねじり棒彫刻で統一」。畳一畳くらいの大デスクに至っては凝りに凝り、知人を通じて三越に特注し、「家宝」になるほどの「イギリス十七世紀のジャコビアン家具」風のものを作らせる、という力の入れようだった。

車町の悪環境

このように家そのものは満足いくものとなったが、やがて乱歩はその周囲がとんでもない場所であったことに気付くことになる。家のすぐ横には京浜国道に続く一号幹線道路が通り、車の騒音と排気ガスとに悩まされることになったのである。そればかりでなく、この道路には路面電車も通り、しかもその隣の海岸沿いには鉄道も走る、という騒々しさであった。「車町ノ家ヲ僅カ一年デ移ツタノハ、京浜国道ト東海道鉄道線ニ近ク、殊ニ二階ノ私ノ部屋ハ終日終夜轟々ト鳴リ響イテキテ安眠出来ズ神経衰弱トナツタカラデアル」（「貼雑年譜」）。

路面電車というのは、一九〇三年に馬車鉄道が電化されて東京で最初の路面電車として品川―新橋間で営業を開始した東京電車鉄道（のち三社合併して東京鉄道株式会社となり、一九一一年には市営化された）のことであり、これが家のすぐ横の一号幹線道路を走っていたのである。路線バスも当然走っている。最寄りの品川駅発着のものだけでも市営バスと「青バス東京乗合」とが新橋方面に向けて走っており、それ以外にもこの道を経由する路線が当然いくつもあった。

道路の向こう側を走る鉄道も、東海道線ばかりではなかったことは現在とさほど変わらない。当時の時刻表で確かめてみると、東海道線のほかに、横須賀線、東北・京浜線、山手線循環、が走っており、前二線は合わせて十分間隔（平日八時台）、東北・京浜と山手線はそれぞれ四分間隔という過密ぶりであった。

それらにも増して乱歩を悩ませたのは、幹線道路を疾走する、当時台頭著しかった円タクに代表される自動車であった。当時の自動車の騒音や排気ガスのすごさを今想像するのは容易ではないが、地方在住の伯父が娘を連れて東京の新聞社勤めの甥を訪ねる様子を対話体でユーモラスに描いた「一九三〇年新風景新東京見物」（小野賢一郎著、『講談倶楽部』一九三〇年八月）には当時の様子が活写されていて、大いに参考になる。

ビルの屋上庭園から雑踏を眺めおろした際には「ヤレ〳〵屋根の上にゐてもやかましいこつちや、電車、自動車、汽車、カラ〳〵ガラ〳〵ポーツとしてしまつたよ」とこぼし、郊外の甥の家に辿りついた際には「ヤレ〳〵、けふは随分歩いた。郊外まで帰るとどうやら落付くね、東京中のあの臭ひあの音はどうだ。ガラガラ、ピー〳〵、ブー〳〵、まだ耳に音がついて居てガーンとするね、それにあの空気の臭ひはどうぢや、東京の市中はガソリンとホコリの臭ひでカーツとしてしまふ。ガソリン臭い中を随分歩いたもんぢや」とほうほうのていで一日を振り返っている。

『帝都復興史　第二巻』（一九三〇年）には、完成したばかりのこの一号幹線道路の視察レポートが載っているが、そこでは海の眺めに見とれていたところ「轟然たる響」に驚かされたとある。

此日冬空高く澄みて一抹の陸地遥かに煙り、近くお台場を廻る汽船の往来、其間を真帆片帆いと物静かの風情に暫し我を忘れて眺むれば、轟然たる響は我を呼びさまして脚下は東海道線を西への長蛇一過、次いで省線電車、顧れば京浜電車、さては市内電車の響きもあわたゞしく、復興路上を心地よげに驀進するオートバイ、自転車、自働車の目まぐるしく駆け廻るを見る。

実は車町＝芝区の悪環境の原因はこうした交通関係によるものだけではなかった。『大日本職業別明細図・芝区全図』（一九三五年。『昭和前期日本商工地図集成第I期――東京・神奈川・千葉・埼玉』一九八七年、所収）の欄外の「案内記」には、芝区は「工業ハ頗ル盛大市内屈指ノ工業地域」であるとして、日本電気、東京瓦斯、池貝鉄工場、森永製菓、横河橋梁工場、沖電気、専売局、光学工業、芝浦方面の自動車工業などの企業名や業種が挙げられている。

これを実際に地図によって確かめてみると（図7―1）、乱歩の借家から一号幹線道路を越え（ちょうどこのあたりに高輪の大木戸遺跡がある）、さらに何本か線路を越えると、もうそこからは海に向けて工場や倉庫街が広がっている。借家からはわずか四、五百メートルほどの距離であり、業種としては、先の案内記で紹介されていた横河橋梁工場、沖電気などのほかには、鉄工所や製作所などが目につく。

高台のホテル

こんな有様であったので、結局せっかく手を入れた立派な書斎もろくに使わずに乱歩は車町の借家を逃げ出し、麻布の張ホテルというプチホテルに長期滞在するようになる。「芝区車町の家の騒音（京浜国道に近く、汽車、電車、自動車、終夜轟々たり）を避け麻布区の「張ホテル」に長期滞在せるも、やはり何も書けず」（『探偵小説四十年』）。『探偵小説四十年』によれば、これは一九三四年一月のこととなっている。麻布と言うと今では品川あたりとさほど変わらない繁華な街と思われるかもしれないが、当時は自然が多く残った閑静で坂の多い、高台と谷の町だった。張ホテルがあったのもそうした高台の一つで、すぐ近くには、永井荷風の偏奇館や荷風が好んで通った山形ホテルなどもあり、とにかく車町とは何から何まで正反対の別天地であったようである。

この、車町の悪環境に辟易して麻布の高台へ、という乱歩の足跡から思い起こされるのは、前述したかつての車町界隈＝芝海岸の風光明媚ぶりである。前掲『新撰東京名所図会』の芝区編は明治後半のものだが、たとえば品川から少し行った大森海岸などは昭和に入っても現

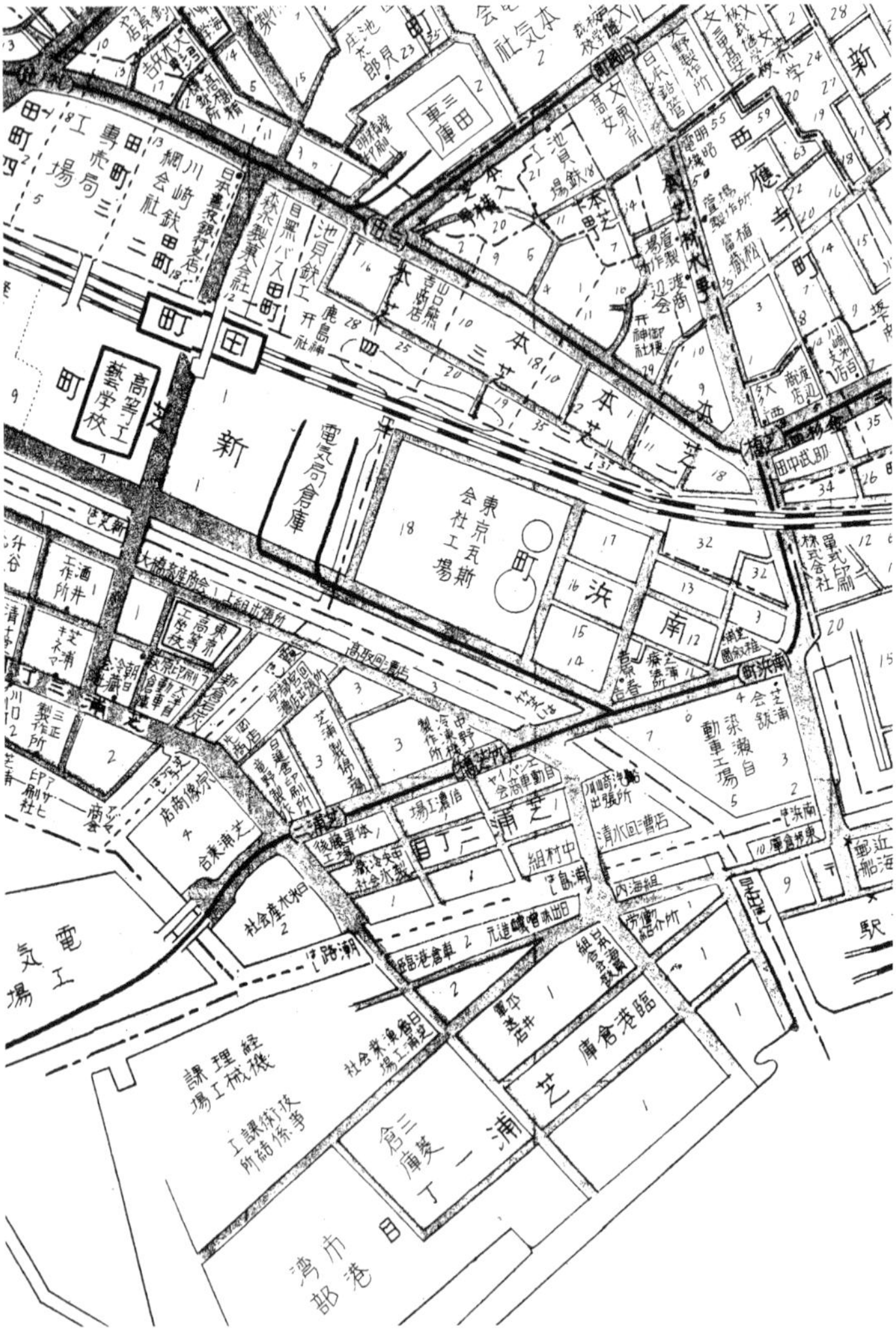
東京瓦斯会社工場
電気局倉庫
高等工藝学校
専売局工場
三田車庫
池貝鉄工場
芝浦製作所
臨港倉庫
芝浦一丁目
新
浜町
南浜町

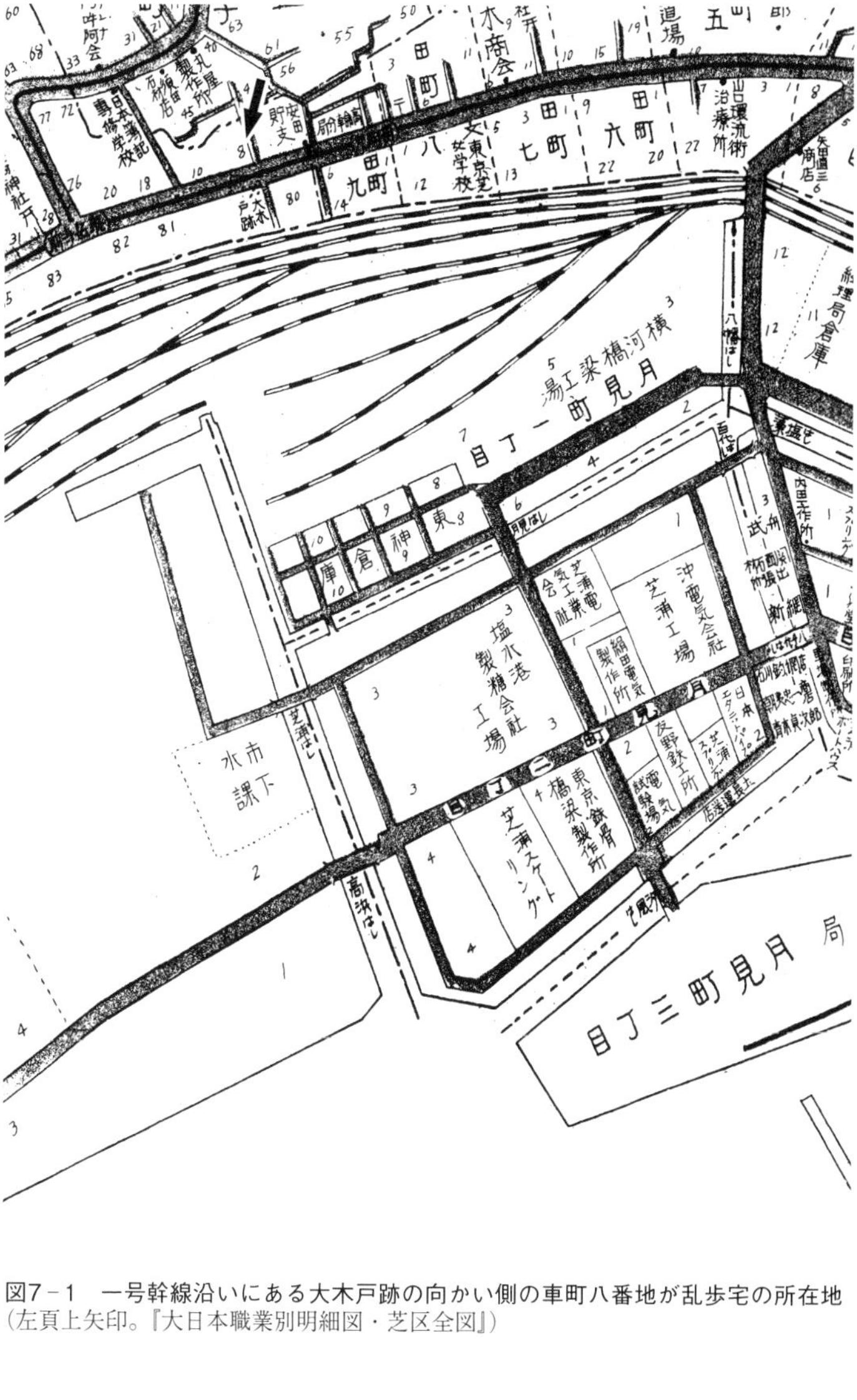

図7－1　一号幹線沿いにある大木戸跡の向かい側の車町八番地が乱歩宅の所在地
（左頁上矢印。『大日本職業別明細図・芝区全図』）

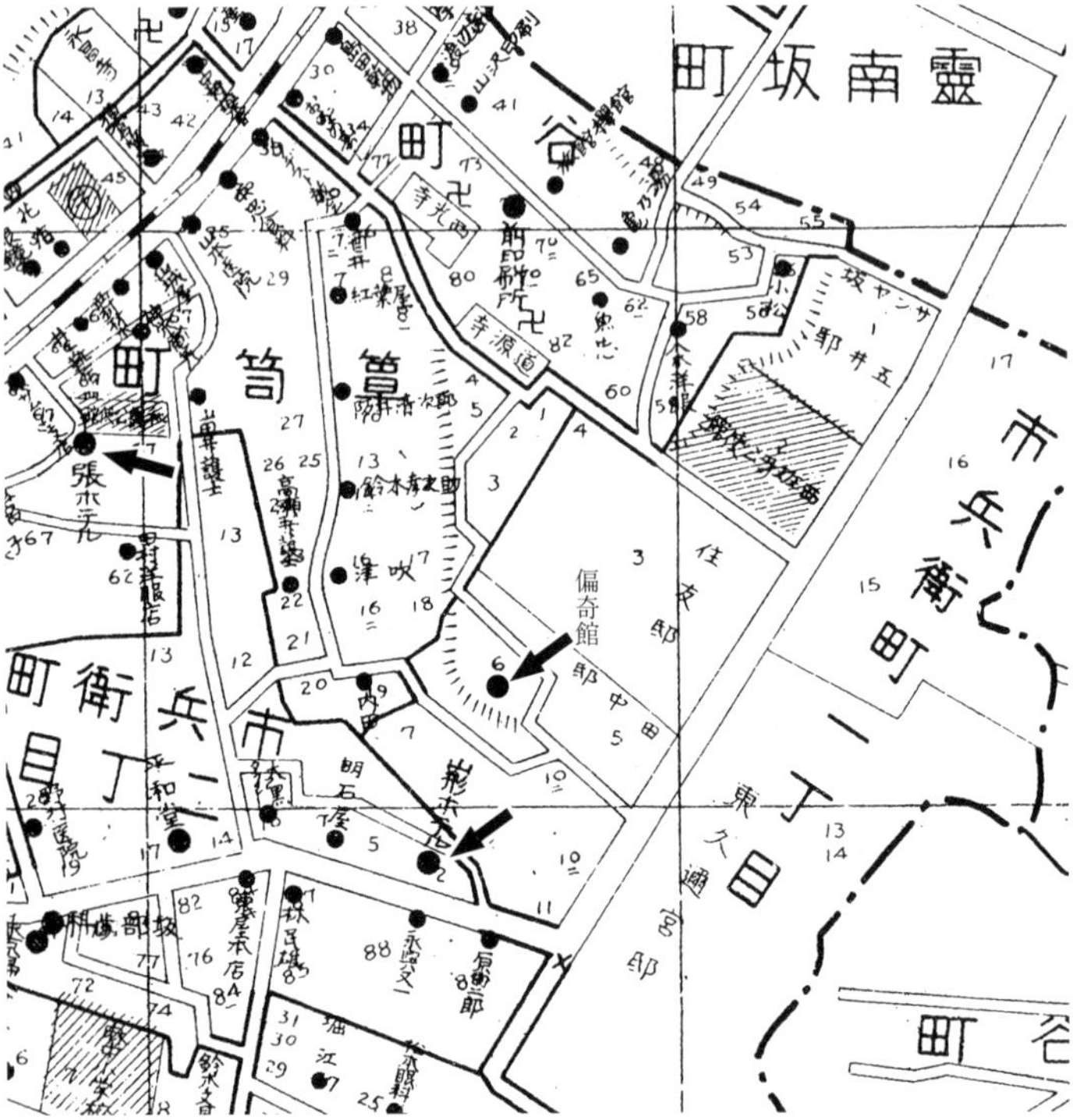

役の行楽地だったわけだし、乱歩の中に風光明媚への期待がなかったとは言い切れない。だとすれば、それが裏切られたことで悪環境への失望はさらに増幅されたかもしれない。

さてそのプチホテルだが、住所は麻布区箪笥町六七番地で、今の六本木の交差点から六本木通りを少し北東に行き、元の今井町の市電停留所のあたりから斜め右方向にやや急な坂を登っていったところにあった。『大日本職業別明細図・麻

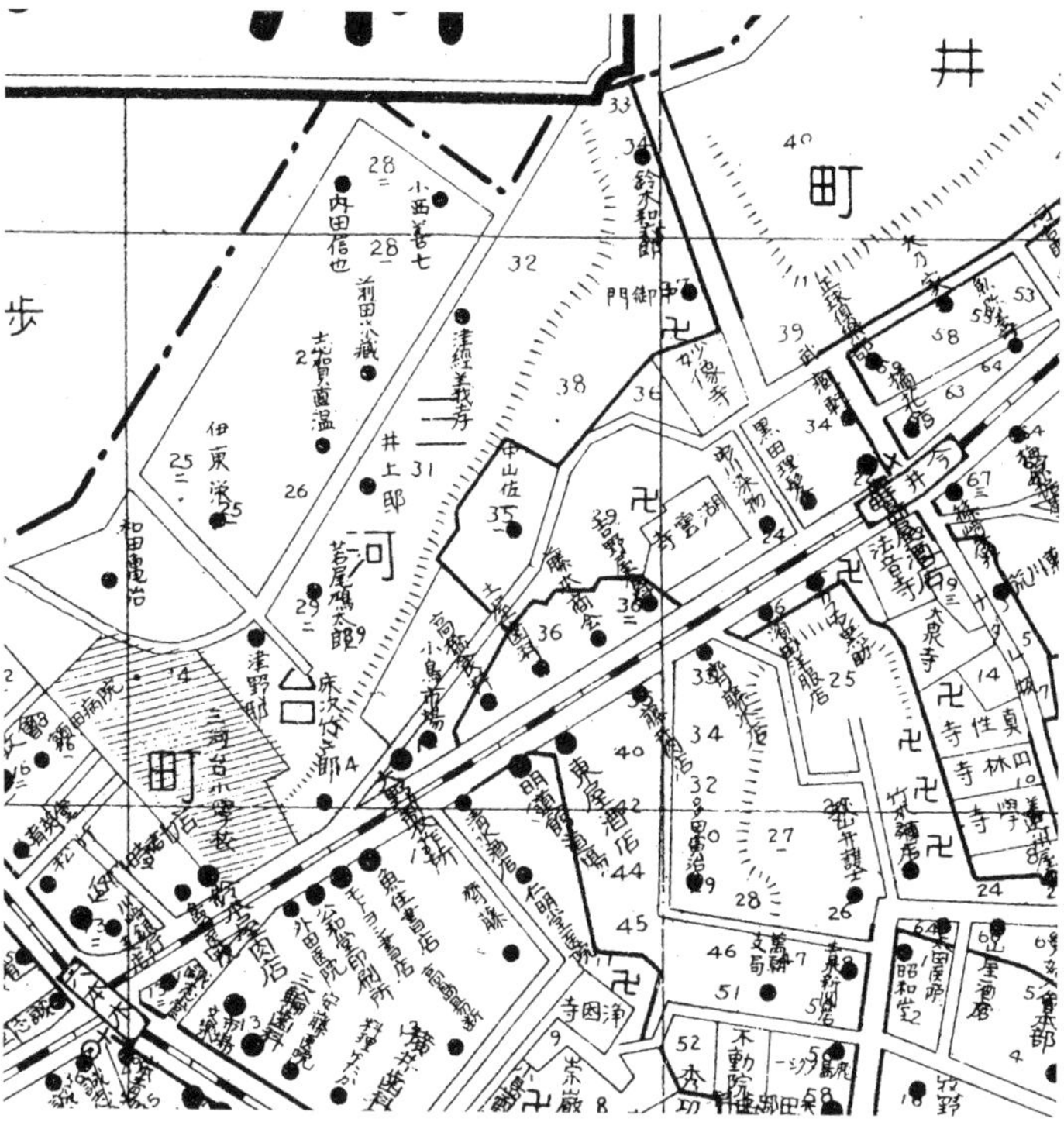

図7−2　張ホテル・山形ホテルの所在地のわかる麻布地図。荷風・偏奇館の所在地も明示しておいた（『大日本職業別明細図・麻布区』1928年）

布区』（一九二八年。『昭和前期日本商工地図集成第I期——東京・神奈川・千葉・埼玉』一九八七年、所収）で確認すると（図7−2）、すぐそばにはチェコスロヴァキア公使館（地図では秘露〈ペルー〉公使館となっているが、乱歩の時代にはすでに移転していた）、南側にはフィンランド公使館（地図には記載なし）があり、異国情緒たっぷりの地域で、「ヨーロッパの小国かシナの国際都市の場末にでもいるような感じ」（『探偵小説四十年』）が乱歩を惹きつけた。

張ホテルの魅力

同書の昭和九・十年度の項には乱歩がこのホテルに惚れこんでいく経緯が詳しく記されているが、それによれば張ホテルは中国人の経営する「木造二階建て洋館の小さなホテル」で、乱歩は通りすがりに見つけ、「日本人でも泊めてくれるか」と尋ねて、本来は外国人向けのそのホテルを仕事場とした。もともとは西洋人向け住宅であったものをホテルに改造したものではないかと乱歩は想像しているが、例によって建物や間取り、調度品類への乱歩の観察と記述は詳細だ。

美少年の日本人ボーイが出て来て、外国人ばかり扱いなれているらしい言葉使いで、私もまるで外国人であるかのような応対ぶりで、二階の道路に面した一室へ案内してくれた。

異国人の体臭の漂っている古風な廉っぽい洋室であった。模様のある壁紙は色あせて、ところどころにシミがあり、ベッドも古くさい鉄製のもので、そのそばにおいてあるテーブルや椅子も、いかにも西洋の安宿の調度という感じ、部屋のまん中に、鋳物の石炭ストーブが据えてあり、鉄板の煙突が、天井を横切って、窓の上から外に突き出していた。一方の隅には木の衝立で区切って、洗面台があるのだが、これがまた甚だ古風で、普通のホテルにあるような陶器製の洗面台や水道の蛇口はなく、トタンを張った深い箱のような台の上に、琺瑯《ほうろう》引きの洗面器がおいてあり、正面の壁には鏡がはめこみになっていて、その前の棚に、三升ぐらい入りそうな大きな琺瑯引きの水入れが、デンと据えてあった。

とにかく「全体が時代離れの感じ」で「なんだかヨーロッパの片田舎の、安宿へでも泊ったような感じ」で「東京にもこんな不思議なホテルがあったのかと、私はすっかり気に入ってしまった」と記している。最初の案内も、「まずい洋食」の給仕も、「美少年の日本人ボーイ」が担当してくれたが、「人嫌いの最中」の乱歩の唯一の話し相手がこの少年であり、時には少女歌劇の観劇に誘い出したこともあったらしい。

前掲『大日本職業別明細図・麻布区』（一九二八年）裏面の広告を兼ねた索引には、張ホテルは「地位＝閑静高台・眺望絶佳、交通至便、宿泊簡易、料金低廉」とあり、全部で一一ある「旅館」中ではもっとも広い広告スペースを与えられていた（図7－3）。二番目が永井荷風が通ったことで知られる「山形ホテル」（市兵衛町）だが、同じ二階建の洋館でも山形ホテ

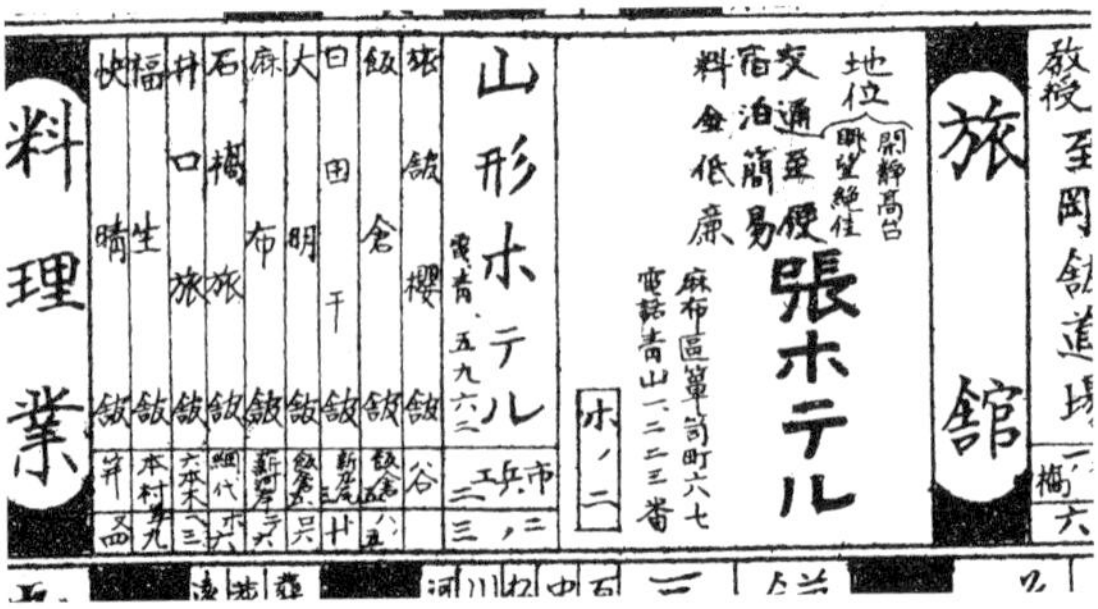

図7－3　地図（1928年）裏面の広告を兼ねた索引

ルの場合はもともとホテル用に建設されたものであった。近隣の偏奇館に住む永井荷風がしばしばこのホテルを利用していた様子は、川本三郎『荷風と東京――「断腸亭日乗」私註』（一九九六年）に詳しい。市兵衛町と箪笥町は隣接しており、高台にあたるこのあたりが一種独特の魅力的な雰囲気を漂わせた地であったことは確かなようである。

『緑衣の鬼』

後年、乱歩はこの時の体験を生かして、張ホテルらしきものを何度か作品に登場させている。一つは『緑衣の鬼』（一九三六～七年）で、ここでは劉ホテルという名前で登場する。緑衣の怪紳士が女性を閉じ込めた大トランクを持って投宿するという設定だ。

麻布の高台に、欧洲某小国の公使館をとりまいて、極《ご》く小区劃の外人町ともいうべき箇所がある。その片隅に今時珍らしい赤煉瓦二階建のささやかなホテルが経営されている。その名は劉ホテル。だが主人が支那人という訳ではない。ある大ホテルの支配人次席を勤めていた男が、独逸《ドイツ》人の旧宅を買い取り、少し手入れをして、外人向き高等下宿といった小ホテルを始めたのである。

客種は、大公使館からさし向けて来る余り豊かでない外人遊覧客、各国の商人、大公使館の下級官吏、留学生などで、半分は年極め月極めの止宿人である。

もちろんどこまでが現実の張ホテルを反映しているかはわからないが、前掲の『探偵小説四十年』の当該部分と比べても大きく外れるところはないことから推せば、かなりの部分が現実の張ホテルを踏まえていたと考えてよいのではないだろうか。

もっとも、車が着くと「ホールに客待ちをしていた制服のボーイ達がパラパラと駈け出して」という個所などは、「美少年の日本人ボーイ」がひとりで何でもこなしていた張ホテルの場合とはだいぶ規模が違う。しかし、そのいっぽうでは、以下のような部屋の様子などは、何の根拠もないけれども(！)、張ホテルの場合もこうであったのではないかという気にさせられる。

部屋は二階の廊下の突き当り、建物の角に当る場所にあった。六坪程の小ぢんまりした居間兼寝室、その隣に三畳程の狭い化粧室、バスの設備はないけれど、トイレットの形を備えている。部屋には黒ずんだ格天井から昔風の装飾の多いシャンデリアが下がり、旧式なマントル・ピースの上には、どういう積りか仰々しく大きな鏡がはめ込んである。一隅に金色の擬宝珠いかめしい鉄製の寝台が置かれ、その前に飴色に光った彫刻のあるテーブル、彫刻のある椅子がきちんと並んでいようという古めかしさであった。

さらには、「僕の外に日本人は泊っているかい」と問われてボーイが説明する宿泊客の顔ぶれ。――「イイエ、一人も。日本の方は滅多にお泊りなさいません。今は、チェッコスロヴァキアの方と、支那の方が二人と、イギリス人御夫婦、それだけでございます」。『緑衣の鬼』が発表された一九三六、七年といえば、張ホテル体験(一九三四年)のわずか数年後である。「麻布の高台に、欧洲某小国の公使館をとりまいて」云々から始まってかなりの部分に乱歩の張ホテル体験が投影されていたとしても不思議はないだろう。その意味では、張ホテル体験の二〇年後に書かれた『探偵小説四十年』の記述のほうが信頼がおけない、とも言えるわけで(張ホテルの章は一九五四年下期執筆)、このあたりが序章でも説いたように、『探偵小説四十年』解読のむずかしいところだ。

『影男』

張ホテルらしきものを登場させているもう一つの作品が戦後の『影男』（一九五五年）である。『探偵小説四十年』の張ホテルの章がその前年の執筆だから、どうしても関連を勘ぐってしまうが、ここでは名前こそ張ホテルとなっているもののその様子はずいぶんかけ離れている。本物の張ホテルにはない「カウンターのうしろの支配人室」に「ズングリと背が低くて丸々と肥ったチョビ髭の支配人」がいるなどの描写がそれだ。

何よりもここには隣室の男女の狂態を特殊ガラス越しに覗き見ることができる洋服戸棚付きの秘密部屋が設けられており、「西洋人の連れ込み宿」などではなくそれらしき男女を目撃したこともなかった（『探偵小説四十年』）という張ホテルとは似ても似つかない。ただ、乱歩が二度にわたって張ホテルに触発されて怪しげな男女がホテルで暗躍するシーンを描いたということは、張ホテルの「エキゾチックな感じ」や「犯罪者が人目をさけて、場末の安宿にヒッソリと身を隠している」ような雰囲気によほど乱歩が魅せられたことを物語っている。

乱歩と同じように張ホテルのこの独特の雰囲気に触発されて書かれたのが、張ホテル滞在中の乱歩を主人公とする久世光彦の小説『一九三四年冬――乱歩』（一九九三年）である。ここでは現実とはちがってボーイは中国人の美青年であり、ほかにもマンドリンをたしなむミセス・リーなる女性が出てきたり、散歩中に永井荷風らしき老人を見かけたりする。そのなかで主人公の「乱歩」が小説「梔子姫《くちなし》」を執筆していくという構成なのである。その他、作中の張ホテルには本物にはないはずの大きな洋風食堂などもあり、自由に加工が加えられているが、そうだとしても久世にこの作品を書かせたのが、乱歩における『緑衣の鬼』や『影男』の場合と同様、乱歩作品を通じて知った張ホテルのあの独特の雰囲気であったことはまちがいない。

荷風と山形ホテル

最後に、本章のタイトルである「プチホテルの愉楽」の念押しを兼ねて、川本三郎が前掲『荷風と東京「断腸亭日乗」私註』で詳述している荷風と「山形ホテル」の場合を紹介して、その愉楽ぶりをさらにうかがうことにしよう。

同書や荷風の日記「断腸亭日乗」などによれば、荷風が山形ホテルのある麻布区市兵衛町に転居してきたのは一九二〇年。その引っ越し直後から、荷風は客人のもてなしだけでなく、自身の昼食、夕食の場所としても山形ホテルを頻々と利用している。「偏奇館からホテルまでは徒歩約十五分ほど。格好の散歩にもなった」（『荷風と東京――「断腸亭日乗」私註』）。

この時代、ホテルをこれだけ日常的に自由に使いこなせたのは、アメリカ、フランスの留学体験のある荷風ならではである。（中略）まだホテルが珍しかった時代、都心から離れた小ホテルとはいえ、山形ホテルを自分の家のように使いこなしていた荷風はハイカラである。（同書）

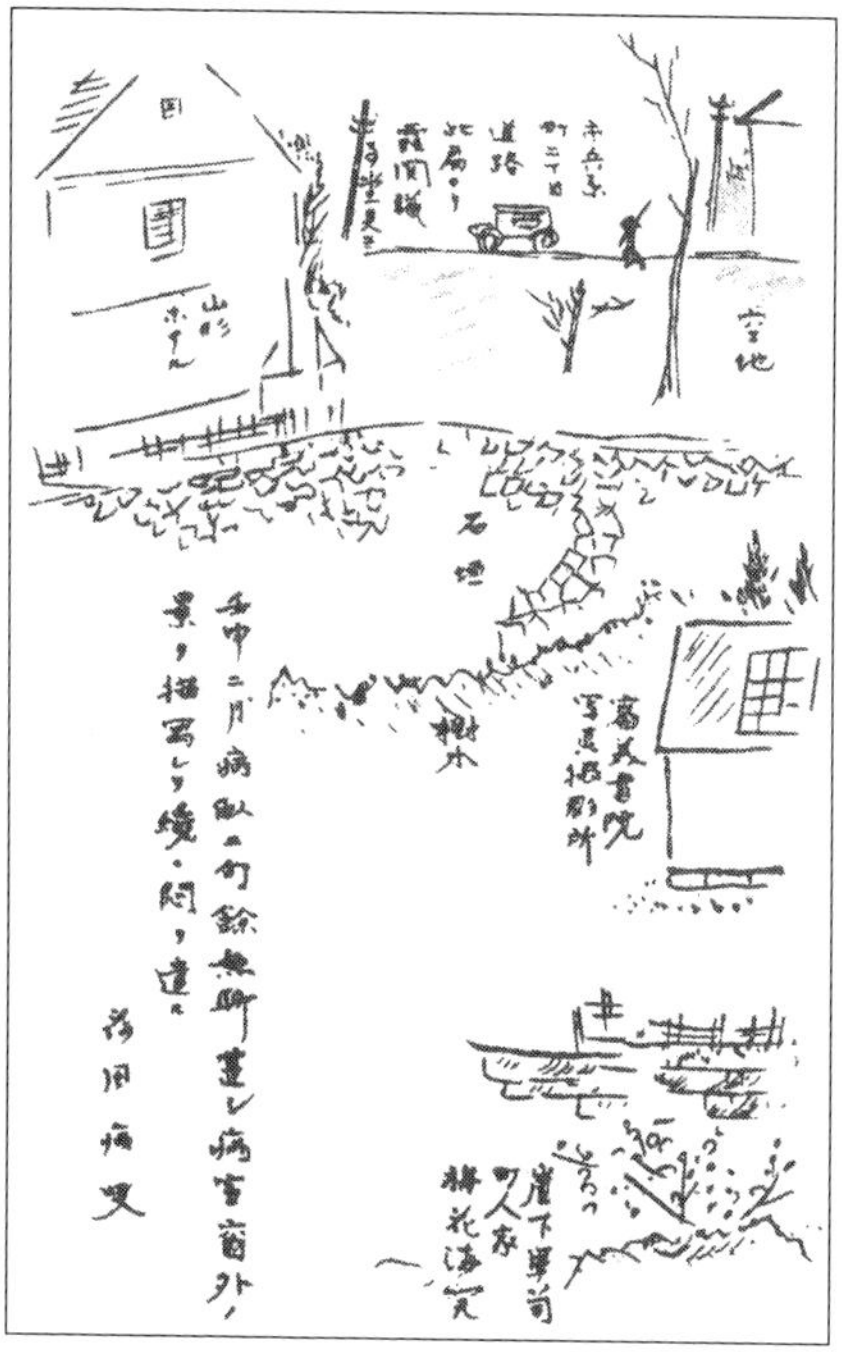

図7－4　偏奇館から眺めた山形ホテル（『荷風と東京――「断腸亭日乗」私註』）

時には宿泊もしたり、風邪をひいて寝込んだ時には食事を届けてもらったり、迷惑な来客があった時には自宅の裏口から出てホテルに避難したり、さらには愛人連れで食事に出かけたりと、プチホテルの愉楽と呼ぶにふさわしい関係が、荷風と山形ホテルとのあいだにも結ばれていたのである（図7－4）。

『荷風と東京――「断腸

図7－5　山形ホテル外観（『荷風と東京——「断腸亭日乗」私註』）

亭日乗」私註』によれば、山形ホテルは山形巌なる人物によって一九一七年に建てられたという（図7－5）。国立国会図書館のデジタルコレクションで見つけた『東京旅館下宿名簿』（一九二二年）なる珍書によれば、その頃の麻布区の旅館下宿は全部で二二軒あり、その中の一つに、「麻布ハウス」なる下宿が山形巌名義で載っている。住所も同じなので（正確には市兵衛町二丁目四番地の「二丁目」が抜けているが）おそらくこれがのちに山形ホテルと名前を変えることになったのだろう。

ただし、『東京旅館下宿名簿』の刊行年である一九二二年以前にも荷風は山形ホテルという呼称を用いているので、併用されていた期間があったのかもしれない。前掲『大日本職業別明細図・麻布区』（一九二八年）では地図上でも、広告を兼ねた索引上でも山形ホテルとなっているので、遅くともこの頃までには呼称も一本化されたのだろう。

ちなみに、張ホテルの場合は、『東京旅館下宿名簿』（一九二二年）にはなく、『大日本職業別明細図・麻布区』（一九二八年）にはあるので、その間の開業と想像される。ただし、山形ホテルがホテルとして建てられたのに対して、張ホテルのほうは、乱歩の想像によれば「西洋人が住んでいた住宅をホテルに改造」したものだった。乱歩は続けて、改造後「また長の年月がたったものであろう」と想像しているが、『東京旅館下宿名簿』に記載漏れがないとすれば、開業は前述のように一九二二年から一九二八年までのあいだ、ということになる。

当初は車町の雑踏からの逃避という目的でこの張ホテルにころがりこんだ乱歩だったが、前金で一か月滞在と申し込んでおいたにもかかわらず、そこを半月(『探偵小説四十年』)ほどで出てしまう。「テーブルに原稿紙を置いて、何か書いたことは書いたが、物にはならなかった。結局何もしないで、半月ほどをそこで過したのである」。

この「やはり何も書けず」(同書)を、乱歩は毎度お馴染みのアイディアの枯渇ゆえであるかのように記しているが、見てきたような張ホテルとの出会いの重さを考えると、そこでの体験や見聞への耽溺に、「何も書けず」の理由を求めることもできるかもしれない。プチホテルの愉楽は、乱歩が自覚していた以上に強く乱歩を捉えて離さなかったのかもしれないのである。

第8章
モダン文化住宅の新妻

明智と文代の結婚

それにしても探偵が賊の娘に恋をして、付き合いだして、助手までしてもらって、あげくの果ては結婚してしまう、などというとんでもない設定があっていいものだろうか。驚天動地というか、突拍子もないというか、奇想天外というか、どう形容してもこの驚き感（造語です）は表現できそうもないような気がする。

もちろん、話題にしようとしているのは、われらが明智と文代さんのことだが、設定も設定なら、結婚に至るまでの経緯がきちんと描かれていないのももってのほか、と言いたくもなる。

周知のように二人の出会いは『魔術師』（一九三〇〜三一年）においてであった。当初自他ともに賊の娘と思われていた文代が、実は生まれた時に賊によって病院ですりかえられており、実際は裕福な宝石商の娘であったことがのちに判明するが、まだ賊の娘と思われていた頃にすでに明智は彼女に「恋し始めていた」というのである。
このあとのことはいろいろあり過ぎていちいち書き出していたらきりがないが、わたしが特に納得いかないのは、前述のように「結婚に至るまでの経緯がきちんと描かれていない」ことなのである。
『魔術師』ではそこのところはこのように釈明されている。「明智小五郎の女助手を志願して、彼の事務所の開化アパートへ、毎日の様に通い始めた」文代について述べた個所である。

怪賊魔術師の娘であった丈けに、彼女は探偵助手には持って来いだ。その後文代探偵が、明智を助けて、どの様なすばらしい手腕を見せたか。そして、遂に彼女が明智夫人と呼ばれる様になるまでのいきさつはどうであったか。それらの顚末は「吸血鬼」という別の物語に譲って、「魔術師」物語は、これにて大尾として置きましょう。

これを真に受けて、では『吸血鬼』(一九三〇~三一年)ではどのように書かれているかと思って探してみても、「彼女が明智夫人と呼ばれる様になるまでのいきさつ」などはどこにも見当たらない。わずかにそれに近いのは次のような一節のみだ。

この探偵事務所には、もう一人、妙な助手がふえていた。文代さんという、美しい娘だ。

この美人探偵助手が、どうしてここへ来ることになったか、彼女と明智とが、どんな風の間柄であるか、等々は「魔術師」と題する探偵物語に詳しく記されているのだが、三谷は、予《か》ねて噂を聞いていたので、一目で、これが、素人探偵の、有名な恋人だなと、肯くことが出来た。


何のことはない、『魔術師』と『吸血鬼』とで責任を押し付けあっているかっこうで、結局どちらにも、「彼女が明智夫人と呼ばれる様になるまでのいきさつ」などは書かれていなかったのだ。それに、そもそも『吸血鬼』の時点ではまだ文代は「素人探偵の、有名な恋人」で、結部に、吸血鬼事件の「記事の最後に、近々名探偵とその恋人の文代さんとが結婚式を上げる旨記されて」いたとしても、そこに至るまでのいきさつはやはり書かれることはなかったのである。

結婚後の二人、ということであれば数年後の『人間豹』（一九三四〜三五年）まで待たなくてはならない。ではそこにこそ「彼女が明智夫人と呼ばれる様になるまでのいきさつ」が振り返られているかといえば、ここでもそのあたりはこんなふうにはぐらかされてしまっている。

明智小五郎は「吸血鬼」の事件の後、開化アパートの独身《ひとり》住いを引払って、麻布区龍土町に、もと彼の女助手であった文代さんという美しい人と、新婚の家庭を構えていた。

確かにすでに結婚はしているのだが、こうなるまでのいきさつなどはどこにも書かれてはいないのだ。それに『魔術師』や『吸血鬼』からはすでに三年近くの年月が経ってしまっていた。もはや『魔術師』結部の約束などは古びた証文のようなもので、作者自身もとうに約束などは忘れていたか、かりに覚えていたとしてももはやそれをまともに履行するつもりもない、というのが実際のところなのではないだろうか。いずれにしても、もはやわれわれは、文代さんが助手になるまでの経緯や、助手時代・新妻時代の活躍は知ることができても、どのようにして二人が結婚にまでこぎつけたかは、大げさに言えば、永遠に知ることができないのである。

ちなみに乱歩自身はのちに明智の結婚について、結婚に至るまでのいきさつについてではないが、明智を単なる「シンキング・マシン」ではなく「情理かね備えた人」として描き出したかったからだというようなことを述べている（桃源社版全集第五巻「あとがき」一九六一年）。

はつらつとした文代像

ところで本章のタイトルは「モダン文化住宅の新妻」だが、これについて考えるためには、それに先立つモダンアパート（開化アパートのことだが）時代の文代さんについても知っておく必要がある。それというのも、とにかくモダンアパート時代の文代さんは、はつらつと、かつ颯爽と、描かれていたからである。

文代が初めて開化アパートの明智のもとを訪れたのは、「魔術師」事件のさなかであった。夜の一一時過ぎに明智の部屋のドアにノックの音が聞こえる。「廊下にションボリ佇んでいたのは、外套の毛皮の襟で顔を隠した、洋装の女であった」というのが文代だったのである。この時の文代はまだ賊の娘と思われていた頃で、その文代が「父を捕えて下さいまし。あの悪者の父をこらしめて下さいまし」といって、賊たちのアジトの場所と、囚われの玉村父子に危機が迫っていることとを、知らせに来たのだ。

『魔術師』ではこのあと文代は、明智に協力したり、逆にそのことで父にせっかんされたりして煩悶の時期を過ごし、収監されたりもするが、やがて賊の娘ではないことが明らかとなり、晴れて明智のアパートへ通うようになる。

彼女は今や何の遠慮も気兼もなく彼女の恋を楽しみ得る身の上であった。

「文代さん、事務所へ出勤かい」

二郎兄さんにそんな風にからかわれる日が来た。

文代は明智小五郎の女助手を志願して、彼の事務所の開化アパートへ、毎日の様に通い始めたのだ。


こうした文代さんのはつらつとした様子は次作『吸血鬼』でも変わらず、むしろいっそうその魅力を増しているかのようにさえ見える。


美しい文代さんは、よく似合った洋装の裾を翻して、快活に客をもてなした。彼女の小鳥の様な明るい笑声が、このいかめしい探偵事務所に、新婚の家庭の様な華やかな空気を漂わせていた。

三谷は、文代さんの入れてくれたお茶を啜りながら、塩原温泉以来の出来事を、少しも隠さず、詳しく物語った。


その直前部分にはモジャモジャ頭で「鋭い目」の明智が、肘掛椅子にもたれたり、エジプト煙草を吹かしたりして、要するにカッコいいポーズを見せているにもかかわらず、直後のこの文代さんの魅力的な描写にすっかり食われてしまったかっこうだ。

しかも、この後文代さんは犯人の自動車に誘い出されて国技館へと誘い込まれたものの（第6章「巨大ランドマークの迷路――国技館」参照）、機転を利かせてS・O・S信号を点滅させたり、菊人形の展示にまぎれて陸軍士官に変装して明智と連絡を取り合ったりと、ここでもまた明智顔負けの活躍ぶりだった。

龍土町の文化住宅

そしてこの事件のあと、前述のように、明智は開化アパートを引払って麻布区龍土町に文代と新婚の家庭を構えることになるのだが、それが時代の最先端を行くモダン文化住宅だったのである。

低い御影石の門柱に「明智探偵事務所」と、ごく小さな真鍮の看板が懸っている。そこを入って、棗《なつめ》の植込みに縁どられた敷石道を一曲りすると、小ぢんまりした白い西洋館、玄関の呼鈴を押せば、直ぐ様ドアが開いて、林檎の様な頬っぺたをした詰襟服の愛くるしい少年が顔を出した。

（『人間豹』）

図8－1　明智家の場合に近い文化住宅の一例（『朝日住宅図案集懸賞中小住宅八十五案』1929年）

「低い御影石の門柱」といい、「棗の植込みに縁どられた敷石道を一曲りすると、小ぢんまりした白い西洋館」といい、典型的な時代の最先端を行くモダン文化住宅である（図８－１）。

モダン文化住宅について述べようとして、ここまで長々と文代像を確かめてきたのにはわけがある。前の方で、結婚に至ったいきさつが書かれていないことを指摘したが、実は転居の理由というか、いきさつも、同様に書かれていないようなのである。あるのは、わずかに、すでに引用した「『吸血鬼』の事件の後、開化アパートの独身住いを引払って、麻布区龍土町に、もと彼の女助手であった文代さんという美しい人と、新婚の家庭を構えていた」という一文のみ。

単なる憶測だが、わたしの考えはこうだ。――「小鳥の様な明るい笑声」で「快活に客をもてな」したり、お茶を入れたりする、洋装のよく似合う、はつらつとした文代像こそは、モダン文化住宅の不可欠な要素だったのではないだろうか。つまり、文代さんの存在こそが開化アパートを引き払って文化住宅に転居した理由なのだ。これを、彼女にもっともふさわしい〈いれもの〉を求めて、と言い換えてもいい。

もちろんそれは、結婚すればアパートでは手狭だから、というような次元の問題ではない。モダン文化住宅に不可欠な要素としての新妻、それも前述の文代さんのようなプラスの特徴を多く兼ね備えた新妻こそが、文化住宅を引き立てるもっとも重要な要素だったのではないだろうか。そうした条件が満たされたからこその文化住宅への転居、と考えるべきなのではなかろうか。

文化住宅の歴史

ところでひとくちに文化住宅と言っても、人によって指し示すものは多様である。たとえば戦前戦後を通じて大衆文化を同時代人として甘辛使い分けて批評してきたことで知られる大宅壮一の発言ですら、つねに妥当なものであったとは限らない。大宅は『モダン層とモダン相』（一九三〇年）のなかで、文化住宅についてこのように評している。

東京の郊外を歩くと、いたるところに、型にはめてつくったような和洋折衷の半バラックが並んでいる。その大部分は貸し家であり、一部分は低利資金と貯金とを七三の割り合いでコンビネートして建てられた「文化住宅」である。

そしてその多くは、和洋折衷というよりも、三室ばかりの日本家屋に、赤がわらの四畳半もしくは六畳くらいの「洋室」をつぎ足したもので、外から見れば洋服を着てげたをはいたような感じである。

もちろん、同時代人の大宅の言うことである以上、こうした「型にはめてつくったような和洋折衷の半バラック」をも文化住宅と呼ぶこともあったにちがいない。しかし、それは一般的な用法ではない。ちょうど戦後の混乱期になんにでも「文化」を冠するような風潮があったのと同じだ。ほんとうの文化住宅とは、郊外の環境に恵まれた住宅地に建てられた、最新の近代的文化的な生活を営めるような住宅を指す、というのが一般的な定義なのである。建築史研究の西山夘三は『日本のすまいⅡ』（一九七六年）のなかで、戦後の関西地区で便所と台所が付いただけの木造アパートにまで「文化」ないしは「文化住宅」という言葉が冠せられた風潮を皮肉りつつ、「しかし「文化住宅」というコトバがはじめて使われだした大正時代では、それはもっとロマンチックな響きをもった、一戸建の小住宅をさしていた」と述べている。

西山によれば、本来の文化住宅の流れは、第一次世界大戦後に世界的規模で起こった、階級間の格差平準化を背景とする生活の合理化、近代化の動きに根ざしていた。日本ではそれは封建的な生活意識への反発とも重なっていたが、いずれにしても近代的合理的な文化生活の追求という流れの中で、住宅の近代化も進められたのである。

具体的には、大正の中頃から「住宅難」の声が聞かれるようになり、一九二一年の住宅組合法の成立によって「小住宅を建てようとする人びとに組合をつくらせ資金を貸付ける方法がひらかれた」。そうした状況下で、いっぽうではアメリカ式のアパートメントハウスへの関心も高まったが、それまで貸家住宅に依存していた中流サラリーマン層のあいだに持ち家志向が高まってきたというのである。大正デモクラシーの高揚ともつながりつつ、「新しい洋風生活への開眼ともむすびついて、中・下層サラリーマンの関心をもとらえ、「文化住宅」という住宅の新しい流れをつくりだしたのである」（同書）。

同書の整理に従えば、具体的な動きとしては、一九二二年開催の上野の平和博の文化村に全一四戸のモデルハウスが出品され、中流社会を中心に大変な人気を呼んだという。平均二六・八坪、四・九室のサイズで、いす式、ガラス採用で、応接間も備える、という先進的な仕様だったが、居間や応接間の配置の仕方が現実の（家父長制的な）家族形態とそぐわず、この時点では「赤瓦の文化住宅」という外見的な特徴のほうが強く印象づけられる結果になったという。

これに対して半年後に大阪で開かれた住宅改造博では、大阪という土地柄と、出品住宅をそのまま建売住宅として販売するという二つの理由によって、いす式などの合理的な部分と従来からの公私未分離の維持とをあわせもった、より現実的なタイプが多く見られたという。関東大震災（一九二三年）に見舞われたのは、そうした言わば理想的な文化住宅模索期のことであったのである。

生活の合理化、近代化とも連動する文化住宅建設の機運は、もちろんこれによって頓挫するようなことはなかった。むしろ、耐震性、耐火性を取り入れつつ、より切実かつ緊急度の高いものとして加速させられることになったのである。震災直後に増補された横山信著『図解本位新住家の設計』（一九二四年）では、洋風の推進よりも耐火耐震耐久の重要性を説き、地盤堅固で延焼の恐れの少ない郊外への建設を推奨しており、郊外住宅地の開発に拍車がかかった。

一九二七年に刊行された時事新報家庭部編の『家を住みよくする法』になると、一時の文化住宅絶対視の風潮が相対化され始めている。

所謂文化住宅の出現。都会はともあれ今は津々浦々まで行渡らんとしてゐる文化住宅のそれが、たゞ一時の物ずきや、衣物と同じ様な一季半季の流行であるとは思へない。相当に金の掛る丈け真剣である。然し残念なことには、其の文化住宅の総てが住んでゐる人に取つて、果して住み心地がよいかどうか疑ひがある。

具体的には、「簡易生活に余りに偏重し過ぎた実利一遍の家」、「能率一点張りで「ゆとり」と落付を忘れ、団欒のホームと、事務室と混同する様な誤解に陥つたのではないかと思はるゝ様な家」、「家族本位に余りに重きを置き過ぎて、人は訪ねて来なくもよい、凡ての人は玄関で追払へば済む、と家族本位に偏重した様な家」、外観ばかりに気を取られた家、耐震などの実用に偏り過ぎて趣味の感じられぬ家、一通りの部屋を無理に押し込んだだけの住宅の縮図のような家、などが俎上に載せられている。とはいっても、文化住宅のそもそもの理想までもが否定されたわけではない。その行き過ぎを批判しつつも、『家を住みよくする法』が理想としたのは、文化住宅の理念とも重なる、子供本位の、子供を育てるための住宅、であったのだから。

このように、当初の生活合理化運動の一環としての文化住宅から出発して、関東大震災を契機とする耐震耐火耐久の要素を加え、さらには一時の行き過ぎを是正しつつ、という紆余曲折は経たものの、趨勢としては文化住宅の普及は「津々浦々まで行渡らんとしてゐる」

（同書）と評されるほどのものとなったのである。

こうして大正から昭和初期にかけて急速に陣容を整えていった郊外電車沿線を中心として住宅地が建設され、白壁に赤い屋根の文化住宅が次々と建てられていったというわけだ。山口廣編の『郊外住宅地の系譜――東京の田園ユートピア』（一九八七年）所収の「東京郊外住宅地年表」を見ると、一九一二年の蒲田、一九一三年の桜新町を皮切りに、渡辺町（田端、一九一六年）、大和郷（駒込、一九二〇年）、目白（一九二二年）、田園調布（一九二三年）、大泉学園・小平学園（一九二四年）、国立・成城（一九二五年）、小杉・大蔵・狛江など（一九二六年）、千駄ヶ谷・浜田山・中央林間など（一九二九年）、玉川学園（一九三三年）、といった郊外住宅地の開発の軌跡が上段に、そしてそれと対をなす郊外電車の開通年表が下段に配されており、両者の相関が手に取るようにわかる。

そんなモダンな暮らしぶりをうたったこのような童謡も、当時作られていた。

野中の西洋館
土盛りあげて　野の中に
西洋館が　建ちました
とんがり屋根の青甍

まわりの板塀　白ペンキ

玄関路の右左
花壇に赤い何の花
二階に見える油絵は
どちらも笑顔の兄妹

日の暮れ方は　おきまりに
大人の声も　まじつてて
時々どつと笑ひ出す
賛美歌ではない歌の声

（作詞・葛原しげる、内藤午朗編『童謡新辞典』一九三四年）

こうした文化住宅ブームを背景として、明智小五郎は御茶ノ水の開化アパートから麻布区龍土町の瀟洒な西洋館へと移転してくるのである。その内部を見ても、邸内の応接室のアームチェア、二階にある文代の居間を兼ねた寝室のベッドとデスク、テーブル、化粧鏡、数脚の椅子、卓上燈と、はなやかな小道具類にもことかかないし、「美しい明智夫人文代さんが、手ずから飲物を運んで」というようなサービスもある（図8－2、画・嶺田弘）。

文代が手ずから飲み物を運んでくるシーンは、開化アパート時代の『吸血鬼』にも見られたが、そこでの「よく似合った洋装の裾を翻して」現れる、その裾とスラリとのびた足だけ

ですか」

と妙なことを尋ねた。

「知っております。浅草の千束町に母親と二人で家を借りているんです」

「電話は利きませんか」

「確か近所から呼出しが利くと思いました。大都劇場の事務所へ聞き合わせたらわかるかもしれません……ですが、何か熊井
にご用がおありなんですか」

神谷青年は、名探偵に奇癖のあることは聞いていたが、これは少し突飛すぎると思った。

「いや、詳しいことは、あとで話します。非常に急ぐのです。あなた恐縮ですが、その電話で大都劇場へ尋ねてくれません
図8－2　江戸川乱歩『人間豹』の嶺田弘による挿絵（創元推理文庫版）

図8－3　江戸川乱歩『吸血鬼』の岩田専太郎による挿絵（創元推理文庫版）

を描いた挿絵のモダンさは圧巻だ（図8－3、画・岩田専太郎）。

郊外としての龍土町

明智邸を文化住宅とみなすにあたって最後に考えなくてはならないのは、はたして麻布龍土町は「東京郊外住宅地年表」にあげられていた地域と同じような郊外なのか、という点だ。龍土町と言えば軍隊の町、というのが通り相場だった。通り（のちの外苑東通り）を隔てた向かい側にある歩兵第一連隊は一八七三年の設置。その大部分が新龍土町区域にある歩兵第三連隊は一八七四年の設置だが、この地に移転してきたのは一八八九年。ともに、西南戦争（一八七七年）、日清・日露の両戦争に参戦している（『東京案内　下巻』一九〇七年）。どちらも千人から二千人規模の定員を抱える大部隊であった。そうした性格は以後も受け継がれ、第二次大戦後はどちらも米軍に接収され、そのために至近の六本木が遊興街として発展し、現在に至っている。

一九〇一年三月に刊行された『風俗画報臨時増刊新撰東京名所図会第三十五編麻布区之部二』では、龍土町の当時の「景況」として、「昔時の組屋敷とて、小邸宅多し。一社二寺あり（中略）其檜木町に接するの辺は三等道路を通じ、歩兵第一連隊の兵営に面し、新龍土町に連れるの地や、歩兵第三連隊の兵営を仰ぐべし。しかり当町は殆むど屋敷地なれば、其商業を営むもの、六本木に近き表通に限られたるが如き姿にて、儘、『軍人日、水曜貸二階』の貼札を見る」と紹介されている。日曜と水曜の軍人たちの外出時の面会用の貸し間の需要があったのである。

では、新龍土町のほうはどのように記されていただろうか。新龍土町の場合も、龍土町と同様、最大の特徴は近くに歩兵第一連隊と歩兵第三連隊が駐屯していることだとされている。「又町内の大部分は歩兵第三連隊の兵営にして、赤煉瓦の建築物、巍々として聳え、兵営の門前は草原なり、而して龍土町往還より門前に至るの間、道路に桜樹二三十株を栽う、其外は大率ね邸地にして、（中略）刹あり、教運寺といふ」（新龍土町「景況」）。

そのあたりを『大日本職業別明細図・麻布区』（一九二八年。『昭和前期日本商工地図集成第I期――東京・神奈川・千葉・埼玉』一九八七年、所収）で確認してみると、龍土町往還（のちの外苑東通り）より新龍土町の歩兵第三連隊に至る道は、実に広々とした道だったことがわかる（現在も同様）。しかもそこは桜並木となっており、「門前は草原」という爽やかさである。この龍土町が明智小五郎の新居の地に選ばれたのである。

麻布と言うと今の感覚では六本木を中心とした繁華な町と思われがちだが、新龍土町の紹介のところにもあったように、当時は自然が多く残った閑静で坂の多い高台と谷の町であり、その意味ではれっきとした郊外だったのである。

これを世帯数や棟数などから確かめてみると、麻布区全体の棟数が一九一七年から一九三六年までのあいだにほとんど変化がなかったのに対して（『麻布区史』一九四一年）、新龍土町の世帯数は、一九二〇年の八一が一九三五年には一一七にまで増加している。これに対してはやくから開けていた龍土町のほうは三九〇から三八六へと微減しており（『麻布区勢要覧昭和一五年度』一九四〇年）、同じ麻布区でも新龍土町のほうが発展途上の「郊外」であったことがわかる。だとすれば明智が新居を構えたのも、同じ龍土町でもおのずからこちらのほうが有力であったということになる。

この時期、東京の郊外に続々と住宅地が建設されていたことは前述の通りだが、山手線の内側の「郊外」にもそうした例は多くあった。前掲の「東京郊外住宅地年表」を参考にすると、古いところでは、西片町、音羽町、大和郷（六義園《りくぎえん》裏）などがあり、麻布や千駄ヶ谷などがそれに続いた。

明智の転居の頃の麻布近辺での住宅地開発としては、新龍土町に一九三五年に建設された一戸建ての小団地、「町田同族会社貸住宅」がある（アイランズ編『東京の戦前 昔恋しい散歩地図』二〇〇四年）。「設計は山下寿郎。敷地の奥のロータリーを中心に各戸が配置されていた」（同書）。当初は全八棟とも言われるが、わたしが訪ねた二〇〇四年に残っていた一棟もその後姿を消した。一九二八年の『大日本職業別明細図・麻布区』でその場所を確認してみると

（まだ建設前だが）、のちに小団地が建設される一画に入っていく路地の入口の家（新龍土町一番地）の持ち主が「町田豊千代」となっており、のちの「町田同族会社貸住宅」との関わりが想像される。

さて、開化アパートが読者の〈あこがれ〉の対象であったと同じくらい、この龍土町の新居も読者にとっては垂涎の的であったにちがいない。画に描いたような、モダンでハイカラな暮らしがそこでは営まれていたからである。まさに正真正銘の文化住宅での暮らしがそこにはあった。前述のように、邸内の応接室にはアームチェア、二階の新妻文代の居間を兼ねた寝室にはベッドとデスク、デスクの上の卓上燈、テーブル、化粧鏡、大きな肘掛椅子に小型の椅子と、文化住宅らしい小道具類にもことかかなかった。文代が手ずから飲み物を運んでくるところなども、はつらつとした新妻の存在を必須とする（？）文化住宅ならではのもてなしぶりである。

こうした時代状況との一致、ないしは寄り添いぶりは、同時代読者に自らの身の回りの状況との地続き感を呼び起こし、親近感を抱かせるという点で大衆読者向けの作品にはきわめて重要で不可欠な要素だが、それと同じくらい重要なのが、それらが多くの読者にとっては手が届きにくい、言わば高嶺の花レベルに設定されていたということだ。

前述の上野の平和博に出品された全一四戸のモデルハウスが評判のわりには「買約者」が

少なかったことをめぐって、前掲の『図解本位新住家の設計』が、そんな余裕のあるのは「ブルジヨア階級か、若くはそれに近い地位の者で、数に於ては殆ど取るに足らぬ程の少数者」であり、「博覧会の住宅を見るにつけても、少数者の幸福と多数者の不幸、といふことが思ひ出されるのであります」と言っているのも、モダンな文化住宅が多くの庶民にとってはまだまだ〈あこがれ〉の対象でしかなかったことを裏付けている。

ここであの大宅の言を利用して言うなら、「和洋折衷の半バラック」という似非文化住宅に住んでいた多くの庶民にとっては、明智家の西洋館はしょせん手の届かぬ高嶺の花でしかなかったわけで、繰り返せば、そうした〈あこがれ〉性もまた、大衆読者向けの作品にはきわめて重要な要素だったのである。

第9章
大東京の郊外

大東京の誕生

乱歩が関東大震災後の復興著しい東京＝モダン東京を活写していたことについては各章で触れている。帝都の二大幹線道路とも言うべき昭和通りと大正通りとを作中にいち早く取り込み、さらには当時「繁華を誇る日本一の京浜国道」（白石実三『武蔵野から大東京へ』一九三三年）とうたわれた京浜国道を舞台とするカーチェイス・シーンの創出など、乱歩の取り組みはきわめて意欲的だ。そればかりでなく、大衆読者のモダンへの憧れに応えた住まいや調度品、ファッション、暮らしぶりの精細な描写など、乱歩のサービス精神は徹底している。

そうした、関東大震災からの復興を高らかにうたいあげたのが、一九三〇年三月二四日から一週間にわたって市内各地でさまざまな行事が催された帝都復興祭であることは広く知られているが、昭和戦前期の東京を彩るもう一つの大きな行事が、一九三二年一〇月一日の大

図9－1　新旧の市域と面積・人口が明示された大東京図（『大東京写真案内』）

東京の誕生であった。言うまでもなく、それまでの一五区制から、隣接する五郡八二町村を合併して三五区制へと移行した「市域拡張」のことを指すが、この時拡張された市域がほぼそのまま現在の二三区として戦後も継承されたことを考えると、大東京の誕生の意味はすこぶる重い（図9－1）。

いま、手元にある『市域拡張記念大東京概観』（一九三二年）と東京市役所によって配布されたと思われるミニ地図『市域拡張記念東京市分区図』などによって、その拡張の規模をうかが

図9－2　旧15区制時代に市域と郡域の境界上にたてられた境界標（今和次郎『新版大東京案内』1929年）

うと、町数は一二〇〇から二三五〇に、小学校数は二〇四から四九七に、面積は二五二八万坪から一億六七一六万坪に、人口は二〇七万人から四九七万人にと、増加している。人口でそれまで日本一であった大阪市（二四五万人）を抜いたばかりでなく、世界でも、ニューヨーク（六九三万人）に次ぐ第二の都市となったのである。

さて、市域拡張といえば市域と郡域に注目が集まるが、今和次郎の『新版大東京案内』（一九二九年）に、旧一五区制時代に市域と郡域の境界上にたてられた境界標の写真が載っている（図9－2）。時期的にはもちろん正式に大東京になる前だが、コラムのかたちで写真と短文とが載せられているので、その短文を紹介してみる。タイトルは「市郡境界標と円タク」だ。

　市内一円といふクルマに乗つてうつかりしてゐようものなら、

「こゝは郡部になつてをりますから……」

などと運転手及び助手君におどろかされることがある。ところぐ\に写真のやうな境界標が立つてゐるが、大てい規定外のスピードで駛つてゐる車上からそれを目捕すのも困難なわざである。だが最初から「××まで一円で」と切り出し、それで行かなきや止すがいゝのだ。あとからぐ\と幾らでも空車が来る。

新宿駅は市内並になつてゐるが実は郡部で境界標は新三越建築場の前あたりに立つてゐる。

境界意識

歴史的事実としては、既述のように一九三二年一〇月を期して三五区制の大東京となったことは知られていても、旧市域と新市域との境界（それ以前であれば市と郡との境界）をめぐる当時の人々の意識については、かえりみられることが少ないのではないだろうか。そして、この暗黙のうちにあったであろう境界意識は、大なり小なり、実生活においても、また小説などの書かれたものにおいても、それらの基底部分に横たわっていたはずである。ちょうど、いま、東京から神奈川方面に向かう際、多摩川を越えるときに県境をぼんやり意識したりすることもあるように。

そもそも、一五区制から三五区制への移行はよく知られていても、また、一五区制時代の区の名前として、四谷区、麻布区、芝区、小石川区、本所区などの名前は知られていても、現代のわれわれには、具体的にどの地域までが旧市域なのかはわからない。もっとも、先のコラム「市郡境界標と円タク」にも「新宿駅は市内並になつてゐるが実は郡部で」云々ともあったのだから、案外このように、時として混乱してしまうことは、当時の人々の場合にもあったのかもしれないが。

さてその境界意識についてだが、言うまでもなく、旧市域と新市域とのあいだに境界が、ひいては境界意識が存在するわけだが、一例をあげれば、四谷区内を四谷から新宿方向に向かって進んで来ると、三光町近くの交差点を抜けた地点あたりが境界で、そこから右曲がりに角筈《つのはず》を抜けて左側の鉄道のガード下をくぐれば淀橋町で、そこからは青梅街道が一直線に続いている、といった具合だ。こうした境界、ないしは境界意識が旧市内を囲繞していたわけで、そうしたことを意識して作品を読むことも、大東京時代の文学の場合には必要だろう。

ここで話を乱歩へと戻すと、帝都復興をあれほど積極的に作中に取り込んでいた乱歩であってみれば、当然、大東京の場合も似たようなことが予想される。――乱歩が創作上で、そして実生活上でも大東京を強く意識していた時期、それは、芝区車町に転居した一九三三年四月に始まり、新市域へと小説の舞台を拡げた『人間豹』の連載開始（『講談倶楽部』一九三四年一月）、新市域である豊島区西池袋への実生活上の転居（一九三四年七月）、を経て、『人間豹』の筆を擱く（一九三五年五月連載終了）までの期間であったと、とりあえずは言ってよいだろう。

ところで『人間豹』にとりかかる直前まで、乱歩は二度目の休筆期（一九三二年三月〜三三年一〇月）をおくっていた。「平凡社の全集の印税で、当分生活には困らないので、自己嫌悪にたえぬ小説など一刻も早くやめたいという我儘から」（『探偵小説四十年』一九六一年）、と乱歩は記しているが、その間、一九三三年四月には、下宿人争議以来無人のままで放置され、持て余していた下宿屋「緑館」（戸塚町）にようやく買い手がつき、芝区車町の土蔵付きの借家に転居することができた。二階の床を取り払って天井の高い洋室に改造されていた土蔵はことのほか乱歩の気に入り、最初は書棚やら大デスクやらを特注する力の入れようだった。

しかし、やがて乱歩はそこがとんでもない場所であったことに気付くことになる。家の数メートル横には京浜国道が通り、車の騒音と排気ガスとに悩まされることになったのである。それればかりでなく、京浜国道には路面電車やバスも通り、しかもその隣の海岸沿いには何本もの鉄道も走り、さらにその先には工場地帯が広がる、という惨憺たる場所だったのである。

結局、せっかく手を入れた立派な書斎もろくに使わずに、乱歩は車町の借家を逃げ出し、麻布の張ホテルに長期滞在するようになる。「芝区車町の家の騒音（京浜国道に近く、汽車、電車、自動車、終夜轟々たり）を避け麻布区の「張ホテル」に長期滞在せるも、やはり何も書けず」（『探偵小説四十年』）。『探偵小説四十年』によれば、これは一九三四年一月のことのようだ。麻布と言うと今の感覚ではモダンな町と思われるかもしれないが、当時は自然が多く残った閑静で坂の多い、高台と谷の町だった（第7章「プチホテルの愉楽」参照）。

この、車町から麻布への避難からも想像されるように、この時期、乱歩の中には、一種の郊外願望（大東京志向、新市域志向と言ってもいいが）とでもいうようなものが芽生えつつあったのではないだろうか。そしてその願望なり志向は、作品の中と実生活においてと、ふたつの方向に結実することとなった。

『人間豹』の『講談倶楽部』への連載開始は既述のように一九三四年一月号（発売は前年一二月五日頃）からだから、その部分の執筆は前年の一一月頃だろうか。四月に車町に移転し、そのあまりの騒音のすごさに辟易したものの、張ホテルへの避難はまだ、という、ちょうどそんな時分である。

実はこの一月号掲載部分で乱歩は、郊外＝大東京の新市域、を登場させている。半人半獣の人間豹恩田とその父が（母である？豹も）住む古風な木造の西洋館のある場所が、荻窪と吉祥寺のあいだの、街道から遠く離れた薄暗い森の中という設定だったのである。

もっとも西洋館が出てくるのは二月号掲載部分であって、一月号は、京橋近くのカフェから人間豹恩田を円タクでつけてきた神谷が、新宿を過ぎ、街道（今と同様、青梅街道だろう）を四、五〇分走ったところで車を乗り捨て、しばらく尾行したあげくに、荒れ果てた草むらで四足の人間豹から一喝されるところで終っている。ここで興味深いのは、円タクで京橋からとばしてきて、新宿近辺、すなわち旧市内と旧郡部（＝旧市域と新市域、でもある）との境界を越えるあたりの描写である。そこは初出誌ではこのようになっている。

深夜の大道は、何の邪魔物もなく、尾行にはお誂へ向きであつた。二台の車は風を切つて矢の様に走つた。
新宿までは窓外の町並に見覚えがあつたが、それから先きは殆ど見当がつかなかつた。車は場末へ場末へと道を取つて、いつの間にか人家もまばらな田舎道へ這入つてゐたが、やがて四五十分も走つたと思ふ頃、やつと前の車が停車した。

境界とか、旧市域から新市域へ、とこそ書いてはないものの、『新版大東京案内』が指摘していたように境界が入り組んだ新宿近辺を通過するあたりの描写には、境界を通過するという意識が、たゆたっているように見える。

次は郊外そのものの描写を見てみよう。「その辺は田や畑はなく、一面に荒れ果てた叢になつてゐて、道らしい道もなく」とか、「都会の雑沓から遠く離れた武蔵野の深夜は、冥府の様に暗く静まり返つてゐた。音と云つては空吹く風、光と云つては瞬く星の外にはなかつた」などと描写されているが、これを車町の借家の二階の、騒音が「終日終夜轟々ト鳴リ響」(「貼雑年譜」)くなかで書いていたと思うと、やはりいろいろと想像したくなる。

『人間豹』の郊外

郊外志向＝大東京志向という観点から、ここでは『人間豹』に登場してくる場所について見ていくことにしよう。このあと小説には、レビューを上演する大都劇場(浜町近くとある)に始まって、浜町、築地、龍土町、芝浦、九段、そして浅草と出てくるが、一九三四年一一月号(発売は前月五日頃)掲載部分には、もう一度郊外が登場してくる。

麻布龍土町の明智探偵事務所の門前に横付けにされた自動車に明智夫人の文代が乗り込み、その車が郊外にまで遠征するのである。「車は意地悪くも、まるで態《わざ》との様に、淋しい町淋しい町と選んで、しかも段段郊外の方へ出て行くではないか」。「もう旧市内を離れて、淋しい場末町だ。そのゴミ〳〵した町と町の間に、大きな森の様なものが見える。昔、その辺がまだ村であつた時分の鎮守の森が、そのまゝちやんと残つてゐるのだ」。

ここでは、旧市域と旧郡部との境界を通過する意識が、「もう旧市内を離れて」とはっきり書きとめられている。「車が停つたのは、社殿の前の広つぱであつた。杉や檜の大樹がまはりを取囲んで、たゞさへ暗い暗夜の空を、一層暗く覆ひ隠してゐる」。

車が停車したところで、車体の後部にしがみついていた人間豹が車の中の文代に襲いかかるが、文代と見えたのは蠟人形で、運転していたのは明智とわかり、結局人間豹は駆け付けた警察隊にこの時点では逮捕されてしまうのだが、わたしにはこうした話の展開や場所の必然性がよくわからない。何というか、わざわざ郊外を登場させたようにも思えるのだ。

西池袋への転居

ところでこの時期、乱歩はいよいよ意を決して車町の騒音に別れを告げ、当時はれっきとした郊外であった豊島区西池袋（もちろん新市域）に転居している。「二ヵ月間の借家探しの末に見つけ出したのが池袋の家である。昭和九年七月のことで、父は四十一歳になっていた」（平井隆太郎『乱歩の軌跡』二〇〇八年）。そこで前掲の一一月号掲載部分にある郊外だが、実際に旧市内を抜けて少し行くと今の山手線を越えるから、西池袋も文代さんが襲われた場所の候補になりうる。発売が一〇月五日頃とすればその部分の執筆は九月頃だろうから、新居周辺の散歩の道すがら立ち寄った鎮守社をモデルとした可能性もある。

この時期、乱歩は作中に郊外や大東京の新市域を登場させていただけでなく、実生活においても、新市域への転居というかたちで郊外志向を実現させていたというわけである。ここで見逃せないのが、乱歩作品の主人公である明智小五郎の転居だ。以前は御茶ノ水の開化アパートに自宅兼事務所があったのが、この『人間豹』では前述のように、麻布龍土町に一戸を構えている。厳密に言えば、麻布龍土町の明智の家が登場するのは、一九三四年一〇月号(九月発売。七、八月執筆?)からである。そうだとすれば、一九三四年七月という乱歩本人の転居とほとんど時を同じくして、明智もまた「郊外」へと転居していたことになる。

明智の新居は乱歩のように大東京の新市域ではなかったが、麻布に限って言えば、張ホテルの紹介の際に見たように、そこは郊外に勝るとも劣らぬ別天地だった。車町の煤煙と騒音に辟易して張ホテルに避難した乱歩が見つけた「郊外」が、明智の新居の地として選ばれたことはまちがいない。作中の舞台から始まって、自らの住む場所も、さらには主人公の住む場所までもが、この時期、乱歩の周辺は郊外志向一色に染め上げられていたのである。

曲馬団の公演地

　さて、『人間豹』には最後にもう一度、郊外＝新市域が登場してくる（一九三五年四月号）。言うまでもなく、熊のぬいぐるみを着せられた文代さんが、浅草花屋敷から盗まれた豹を虎柄に染めた猛獣と格闘させられるＺ曲馬団の公演地であるＭ町（初出誌にはＫ町と書かれている個所もある）である。「東京市民生活の触手が、田園農民生活の中へ突入し、市民と農民とそれから小工場労働者とが渦を巻いて入れ混つてゐるやうな、大東京西南の一隅Ｍ町の、ほこりつぽい古道具市で有名な広場に、一ケ月程もうち続けてゐる大サーカスがあつた。その名はＺ曲馬団」。

　初出誌ではＭ町とＫ町とが混在しているが、「大東京西南」であることには変わりはない。困るのは、ここが浅草から車で五分ないしは一〇分で行ける、と書いてあることだ。浅草から西南方向に、しかも何十台も連結の貨物列車の通る踏切を越えて、というからには、どうしても旧市内を抜け、今の山手線を越えて世田谷・目黒方面となるのだが、それにしても一〇分というのは無理がある。作中には芝浦—麻布間が二〇分、警視庁—麻布間が一〇分と、他方では妥当な数値が書き込まれているのに、である。ちなみに『黄金仮面』（一九三〇〜三一年）には時速五、六〇マイル（時速一〇〇キロ近い）で飛ばす例があるが、これは高速通行専門の京浜国道の場合だ。

ここでもう一つ注目しておきたいのは、「K町の三ツ股だ。料金はいくらでも出す。五分間に飛ばしてくれ給へ」と強引に命じる明智に対して、運転手が「だつて、市内ではいくら飛ばさうたつて、先が閊《つか》へてまさあ」と答えていることである。市内と郡部との境界が意識されていることを示すと同時に、ある意味では当然かもしれないが、大東京施行後数年を経ているにもかかわらず、市内と言えば旧市内、という感覚が依然として健在であったことを物語っている。

光文社文庫版『人間豹』の註釈で平山雄一はM町を目黒かと推測しているが、わたしの想像する世田谷上町のボロ市（K町のほうの記述に基づく。その場合円タクの走る「坦々たる一直線の大道路」は今の玉川通りだが、残念ながら渋谷駅の横はすでに高架になっていて踏切を通過する必要はなかった）ともども、やはり無理がある。方向か所要時間か、どちらかに誤植があるのだろうか。あるいはこれこそ文字通りのミステリーか（?）。

いずれにしても、これが『人間豹』に登場する三つ目の郊外＝新市域だが、その背後には見てきたような車町の騒音に参った乱歩の郊外志向があったのである。ともあれ、乱歩は（明智も）『人間豹』連載中に首尾よく郊外への脱出を果たした。「当時、空気のキレイなことでは東京随一といわれた池袋の土地柄が持病（鼻茸――藤井注）にも小康をもたらしたのかも知れない」(『乱歩の軌跡』)ともあるが、乱歩が越した「神学院以北一帯」は「概ね高燥にして住宅地に適す」(『土地概評価北豊島郡西巣鴨町』一九二二年)との評価もあり、生活者平井太郎の目利きはまちがいなかったようである。

「池袋の現住居に移った当座しばらくは、特に機嫌のよい日が続き、私を相手に庭でキャッチボールに興じたことさえあった」(平井隆太郎『うつし世の乱歩』二〇〇六年)。郊外志向をもう一段階大げさに言えば、自然や野生への志向であり、だとすれば『人間豹』の猛獣自体が、乱歩の車町の騒音に辟易する気持ちが産み出したものであったのかもしれないのだ。こんな風に見てくれれば、車町の悪環境こそは、創作と実生活両面での乱歩の郊外＝大東京志向の産みの親であった、と言うこともできるかもしれない。

第10章
〈近代家族〉の誕生

郊外の発展

小津安二郎に「生れてはみたけれど」（一九三二年）という作品がある。脚本＝伏見晁、松竹蒲田製作のサイレント映画である。郊外の新興住宅地に引っ越してきた、男の子が二人いる核家族の話で、子供同士の勢力争い、父親の上司の子供への屈折した思い、その上司に平伏する父の姿への失望、など、さまざまなエピソードを材料に、大人と子供の世界を相関的横断的に描いたなかなかの秀作だ。

当時のモダンなサラリーマンの暮らしぶりが活写されているのも見応えがあり、たとえば郊外電車の線路際の彼らの家には、ハイカラな木製ペンキ塗りの門とフェンスがあり、庭では犬も飼われている。茶の間のちゃぶ台を囲んでの食事シーン、子供部屋らしき部屋での子供たちのやりとり、当時の小津映画の常連である斎藤達雄演じる父親の子供たちへの訓戒シーンなど、当時の家族の様子を髣髴とさせる場面も盛り沢山だ。文明の利器ももっぱら上司の家庭を先頭に浸透し始めており、たとえば上司の出勤は自家用車を使ってであり、その家では自前の撮影フィルムによるホーム映画会も開かれたりする。近所の大人や子供も招かれて、主人公の父親の道化ぶりに皆が腹を抱えて笑い興じるのである。

もっとも、これが決して特殊な暮らしぶりの描写でないことは、当時の郊外電車や新興住宅（文化住宅と呼ばれた）の台頭ぶりを見てみればわかる。今和次郎編の『新版大東京案内』（一九二九年）は「東京の郊外」という章を設けて、郊外の人口の爆発的増加ぶりを紹介している。すなわち市部の人口が一九二〇年の二二四万人が一九二八年には二三七万人へと微増したのに過ぎないのに対して、荏原、豊多摩、北豊島、北多摩、南足立、南葛飾の六郡では八〇万人から二五〇万人へと、二一〇％もの増加ぶりを示していたのである。そして同書はその理由として、住宅地と大工場が郊外に押しやられたことと、「東京市を繞る交通網の驚くべき発達」とを挙げている。

郊外の交通機関は、省線電車を中心に、なんと云つても電車が最も主要なものである。（中略）で先づ電車網を調べてみると、省線電車を筆頭に、京浜電気鉄道、目黒蒲田電気鉄道、池上電気鉄道、東京横浜電気鉄道、玉川電気鉄道、小田原急行鉄道、京王電気軌道、西武鉄道、武蔵野鉄道、王子電気軌道、京成電気軌道、城東電気軌道、東武鉄道、以上十三の私設鉄道がある。これ等十三の会社が、常にその線路の延長を計り、現在でさへ既に網の目のやうに敷かれてゐる線路の間隙を覘つて尚十数の会社が新線布設の認可を受けようとして躍起になつて請願運動を起してゐるのだから驚く。

省線電車というのは言うまでもなく鉄道省の経営になる電車という意味であり、山手線、京浜線、中央線などを指す。それらは単独で郊外に伸びるとともに、新宿などのターミナルから郊外に延びる私鉄の受け皿ともなったのは現在と同様である。そしてそれら私鉄の郊外電車は大正末から昭和初期にかけて急速に陣容を整えていった。

そうした郊外に、白壁に赤い屋根の文化住宅が次々と建てられたというわけだ。ちなみに「生れてはみたけれど」の家族の住まいは目黒蒲田電気鉄道か池上電気鉄道の沿線とおぼしき場所に設定されており、蒲田撮影所から至近という理由もあったにはちがいないが、他方では郊外電車と文化住宅という当時の最先端の暮らしぶりを象徴してもいたのである。

家族像の変遷

郊外、文化住宅、そしてそこに子供を中心としたこぢんまりとした家族が住まうという光景を指して、〈近代家族〉の誕生、と呼んでもいいが、落合恵美子によれば〈近代家族〉の特徴は次のようにまとめられる。

1、家内領域と公共領域の分離
2、家族成員相互の強い情緒的関係
3、子ども中心主義
4、男は公共領域・女は家内領域という性別分業
5、家族の集団性の強化
6、社交の衰退
7、非親族の排除
8、核家族

（『近代家族とフェミニズム』一九八九年）

そしてその成立期は、すでに見た郊外電車・文化住宅といった容れものの発展史のがわから類推すると大正末から昭和初期にかけて、ということになりそうだが、有地亨は『日本の親子二百年』（一九八六年）のなかで「西欧的家族像への憧れと悶え」、「子ども本位の家庭をめざして」という二つの章を設けて、大正初期から始まった欧米の家族の紹介が、大正後半

の「日本の家庭をデモクラティックな家庭に改造すべし」という主張へと発展していった過程を跡付けている。

大正初期の紹介期においては、欧米の家族は子供本位であるのに対して日本の場合はそうではないことが強調され、欧米のそれを目指すべきであるとの主張が広く行われていたという。「欧米家族へのある種の憧れ」である。そして大正時代も後半になると、大正デモクラシーの理念にも後押しされて、家庭改造の主張が目立つようになってくるという。それらの主張は「いずれも家庭内の人間関係には、愛し合い、信じ合うことが基本であって、そのような人間的生活を営むことのできる家族は夫婦と子からだけで構成され、夫婦と子以外の者が同居しない家族が望ましいと言い、まさに今日の核家族が想定されて」（同書）いた。そして昭和に入って一〇年ほども経つと、もはや「家」制度は崩壊して、小家族が現われ始めたとの指摘があちこちに見られるようになったという。このように、大正から昭和にかけて、日本の家族像や日本人の家族観は、欧米の〈近代家族〉像の影響のもとに大きな変容をとげていったのである。

「我子のしつけ方」

小津の描いた「生れてはみたけれど」の世界がまさしくこうした変動期を背景としていた

ことは言うまでもないが、この頃、『東京朝日新聞』夕刊紙上で「我子のしつけ方」という問答形式のコラムが連載されていた（一九二八年）。七、八歳までの幼児を取り上げた「幼年の巻」と、七、八歳から一四、五歳までの少年期を取り上げた「少年の巻」とからなるが、購読者からの質問とそれへの回答とからなるこの欄をのぞくと、当時の家族を取り巻く環境やその様子を、まざまざと想い描くことができる。

「我子のしつけ方」というタイトルである以上当然とも言えるが、これらの記述を読むと、当時の家族の暮らしがいかに子供中心に営まれていたかを痛感させられる。そのなかでも目立って多いのが、休日の行楽がらみの記述である。日曜になるとたいてい動物園や郊外の牧場、公園などに行っている。たまに行かないことがあったりすると、翌日学校で肩身の狭い思いをするほどで、休日の行楽がほとんど強迫観念化していたことがわかる。また、「立派な一員／家庭で意見尊重／みんな平等に」との見出しのある回では、家族旅行の行き先も「両親から子供等に相談し」「話合つてそれから他のことも考慮して決めます」とあって、子供の意見を最大限尊重する姿勢が見て取れる（第5章「遊園地の時代」参照）。

「我子のしつけ方」からうかがえる〈近代家族〉の様子ということで次に目に付くのは、子供部屋にまつわる記述だろうか。子供たちの部屋に小さな黒板を下げてやったとか、「今まで客間に使つてゐた庭に面した八畳の間を、思ひ切つて子供に開放」し「徹底的な子供部屋」を作ってやったところ、そこでさまざまな遊びに興じて、すっかり手がかからなくなったとか、自立への近道としての子供部屋の重要性が見て取れる。

子供部屋に関しては、当時の理想的な住宅の間取りを多数紹介した『朝日住宅図案集懸賞中小住宅八十五案』（一九二九年）を見ても、子供部屋の重要性に力点を置いたものが多い。「本書は昭和四年二月、東京朝日新聞社が賞金二千三百円を懸けて、保健、衛生、防寒、防暑の近代的設備と、震災、火災、盗難等に関する最新式設備を考慮した、新時代の中小住宅図案を募集し、応募五百案中より厳選した八十五案をまとめたもの」であり、一号型から八五型まで名付けられたうちの一号型から一六号型までの図案は、それに基づいて自由に住宅を建築してよいとされていた。

想定された規模は、甲種が家族六、七人（夫婦と子供二、三人、女中一人）向けで建築工費が五千円以内、乙種が家族三、四人（夫婦と子供一、二人又は女中一人）向けで三千円以内、どちらも敷地面積五〇坪内外で、「東京近郊」への建築が想定されていた。そこで子供部屋だが、各図案に付せられた説明文からアトランダムに引用してみると、「家族本位とし子供室を重要なる位置に置いた、庭園は芝生として子供等の遊戯が自由に家屋内と同様に出来る様にし」、「【子供室】東南向の最も良い位置を選びます。之れは勉強室と寝室になりますから親の監督上居間との関係が最も重要であります」、「家族四人或は五人の住宅として過渡期に於けるサラリーマンの生活を、能率的に、子供本位に、且つ又最も日本的にプラン及姿図を考案しました」、「子供室は朝早くから夕方まで一日中陽の当る最も良い位置へ設けます」、「延び行く子供達のために独立した一室を与へ、充分延び行く様にし、併せて自治観念を養ひ度いと思ふ、小供達同志の交際と云ふことをも考慮しまして、丸いソファーを設備致しました」、などの麗句が踊っている。

さらにもう少し、当時の家族の様子を「我子のしつけ方」からうかがってみよう。行楽、子供部屋、に次いで目に付くのが、庭の活用と親子の共同の営みである。「庭に子供の土地を与へて、四季折々の草花の種を分けて、これは兄さん、これはあなたのといふやうにしてやりましたら、大そう喜んで自ら小さなシャベルで花壇」を作ったとか、「日当りのよい庭」に「一坪位の砂遊び場と、低い辷り台」や「木登りの木」を作ってやったり、軒下に空き箱を置いて兎を飼ってやったり、裏庭の真ん中に竹を立てて手まりをつるし、それを竹刀で打たせたり、と枚挙にいとまがない。郊外生活ゆえの子供の世界の充実ぶりが見て取れるのである。

父親までもが加わっての一家揃っての営みとしては、「いたづら日」を決めて土曜の夕食後は「子供を中心に家中を挙げて暴れ廻」って発散したり、「夕食がすみましてから、子供も大人もいつもお祈りをする部屋に集りまして、子供の好きな唱歌や賛美歌を歌つたり、色々の面白いお話をしたり」、出勤前に「毎朝子供の好きな色々な遊戯や運動」を三、四〇分も一緒にしてやったり、とかいったエピソードが印象深い。子供中心とか、家族の集団性、家族相互の強い情緒的関係、公共領域からの家族領域の分離など、まさに〈近代家族〉と呼ぶほかない姿がここにはあり、それにふさわしい営みが繰り広げられていたのである。

ところで「我子のしつけ方」である以上、そこにはしつけ・教育・規律にまつわる事柄も盛り沢山にアドバイスされていた。当然それらは幼年よりも「少年の巻」に多く見られるが、「各自に責任／それぞれ役目を持たせて／不干渉主義を」との見出しのある回では、朝起きた時と夜寝る時には「皆それぞれに役目を持たせ責任をもつてその仕事をさせる事にしてゐます」というケースが紹介されている。すなわち「長女（十五歳）は御飯炊きと家の外のお掃除、次女（十一歳）はふき掃除、次の男の子（八歳）にはお庭の掃除」をさせることで責任感・自立心が芽生え、それが勉強のほうにもよい影響を与えたというのである。

目標として守るべき事柄をあらかじめ決めておき、それが実行できたかどうかの結果を日記に記す善悪日記帳方式や、注意力や記憶力を養うために人から注意されたことをメモしておくための備忘録の携帯などは、年長者向けの「しつけ」と言えるだろう。「少年の巻」ではほかにも、郊外生活の利を生かして釣りをさせることで「注意力」や「根気」を養ったり、絵葉書の収集を通じて歴史や地理への関心を育てたり、月一回友達を招いて家庭学芸会を開いたり、休みに外でアルバイトをさせることで独立心を身に付けさせたり、といった例が見られる。有為の若者に向けての歩みはこの頃からすでにスタートしているのである。

乱歩家の家族像

さて、そうした時代状況下で乱歩の場合も結婚し、子供をもうけているわけだが、ここで平井家〈乱歩の本名は平井太郎〉の〈近代家族〉ぶりものぞいてみることにしよう。乱歩の結婚は一九一九年、長男誕生は一九二一年だが、住まいのほうは、大阪と東京とを行ったり来たりし、父の家に同居したり借家住まいをしたり、下宿屋を開業したりと、せわしない日々が続いた。そうした乱歩一家がようやく腰を落ち着けることができたのが一九三四年に転居した池袋の家だったのである。

池袋といえば今ではごみごみした町の代名詞のようになっているが、乱歩転居当時の池袋は、それまで一五区八郡制であった東京が三五区三郡制に切り替わり〈一九三二年〉、それまでは北豊島郡に属していたものが新たに設置された豊島区の一部となったばかりの頃であり、その頃を回想した乱歩のいくつかの文章によれば、乱歩の家や隣接する立教大学の周辺には原っぱや畑・田圃が多くあり、住宅地としての発展はまだ緒についたばかりだった。さらに転居当時の乱歩邸は、「貼雑年譜」に貼られた家と庭を俯瞰した自筆スケッチによれば、「梅林」「畑」「芝」「築山」などに囲まれ、今とはおよそかけ離れたのどかさであったことがわかる（図12－1参照）。

この直前、乱歩は京浜国道沿いの土蔵付きの借家（芝区車町）のあまりの騒音と煤煙に音を上げ、それゆえの郊外志向のあげくに池袋の家に落ち着いたわけだが、見てきたような当時の池袋周辺の自然の豊かさが、中心部のごみごみとした雰囲気に愛想をつかした乱歩を惹きつけたであろうことは想像に難くない。豊島区池袋三丁目一六二六番地のその家は敷地三〇〇余坪、建坪四三坪半で、六部屋余りの母屋に乱歩好みの二階建ての土蔵もついていた（第12章「乱歩邸が乱歩のものとなるまで」参照）。単純に計算すれば、二〇〇坪以上の庭があったことになる。長男はすでに中学（旧制）に入学していたものの、先に見た「我子のしつけ方」「少年の巻」の該当年齢にぎりぎりでおさまる年頃である。そこではどのような、家族の、そして父と子の生活が営まれていたのだろうか。

『探偵小説四十年』中の家族写真

そのことをうかがわせる資料として見逃せないのが、『探偵小説四十年』（一九六一年）に収められた何枚かの家族写真である。「写真目次」中のタイトルで言うと、「「緑館」時代の家族」、「昭和七年琵琶湖にて江戸川と妻子」、「同年（昭和九年——藤井注）の江戸川夫妻（池

図10－1　昭和7年春、琵琶湖船上にて。左から妻リウ、乱歩、息子の隆太郎（『探偵小説四十年』）

袋の新居の庭にて）」、「昭和十二年家族全員九州旅行」、「隆太郎海軍入隊の日、家族記念写真」、「疎開直前の家族一同」などがそれに当る。

たとえば「「緑館」時代の家族」だが、乱歩自筆のキャプションには「昭和三年、緑館時代の家庭《ママ》。左から平井隆（リウ、妻）平井きく（母）平井隆太郎（息子）太郎（乱歩）玉子（亡妹）」とあり、茶の間で座卓を囲んだ写真だが、卓に肘をつけて姿勢を傾けている息子のいたずらっぽい顔が印象に残る。それに対して乱歩は悠然とタバコを指に挟んでこちらを向いており、娘の玉子を見守るきくの顔や、きりっとした顔つきでカメラを見返す隆の面立ちも忘れがたい。何の変哲もない、と言ってしまえばそれまでだが、乱歩と子供を中心とした家族の生活のしっかりとした手応えが、ここからは伝わってくる。

行楽の記述が多くあった「我子のしつけ方」との関連で言えば、「昭和七年琵琶湖にて江戸川と妻子」（図10－1）や「昭和十二年家族全員九州旅行」（図10－2）も、印象深い写真たちだ。前者には「昭和七年春、休筆中の家族旅行。琵琶湖船上にて。左より平井隆（リウ、妻）江戸川、隆太郎（息子）」とのキャプションが、後者には「この年「主な出来事」の四月に、母、私達夫妻、息子の一家全員で瀬戸内海、四国、別府などへ半月ほど旅行をしたことが書いてある。そのとき息子の隆太郎（五中の生徒）がいろいろ撮つた写真のうちの一つ、私はかぞえ年四十四才。妻は四十一才。母は六十二才であつた」（引用は覆刻版より）とのキャプションがあり、後者では撮影者にまわっている息子が、前者では、手すりに腕を伸ばしつつリラックスした甘えた姿勢で父や母に身をもたせかけている。後者で乱歩が「に志き丸」と書かれた大きな浮き輪を抱えているのは、あるいは撮影者である息子の注文だろうか。なんにしても、ほほえまし

図10－2　昭和12年、家族全員での九州旅行で。左からリウ、乱歩、母きく（『探偵小説四十年』）

さが伝わってくる写真だ。

いかにも郊外を思わせる緑豊かな庭で夫婦でくつろぐ様子を撮った「同年の江戸川夫妻（池袋の新居の庭にて）」も印象深い写真だ。「昭和九年、池袋の現在の家へ越したばかりのころ、雑誌の注文で、庭にデッキ・チエアを出して写したもの。私夫妻である。今（昭和三十五年）から二十六年以前。私はまだ四十才になつていなかつた。「ぷろふいる」誌の批評家が「あの面魂なら乱歩はまだ書ける」といつたのは、この写真によつてであつた」とキャプションにあるが、デッキ・チェアに身をもたせかけながら脚を組んだ乱歩が顔を横に向け、その横で清楚な姿で籐椅子のようなものに腰掛けた夫人と視線を通わせている。夫婦の情愛がにじみ出た一枚だ。

最後の二枚は戦時下のもの。「隆太郎海軍入隊の日、家族記念写真」はタイトル通りの写真。母と妻、乱歩、そして入隊する息子が写っている。「疎開直前の家族一同」（図10－3）は、疎開直前であると同時に、息子が一日休暇で帰省してもおり、やはり同じ四人のメンバー。戦時下のことゆえ、どちらも心温まるというような写真ではないが、つねに息子の斜めうしろに陣取る乱歩の丸い肩の線が、その下の息子を包み込むように見えるのは、気のせいだろうか（図10－3は光文社文庫版全集に基づき、左右を反転させた）。

図10－3　疎開直前の家族一同。左からリウ、隆太郎、乱歩、きく（『探偵小説四十年』）

明智の場合

このように乱歩も同時代人の一人として〈近代家族〉の時代を生きたわけだが、その乱歩が創造した明智小五郎も〈近代家族〉を疑似体験したフシがある。

明智が『吸血鬼』（一九三〇～三一年）の事件後転居した麻布区龍土町の一戸建ての家は、団欒とプライバシーとを約束されたような文化住宅だが、そこでの新妻文代との新婚生活は『人間豹』（一九三四～三五年）において活写されている。邸内の応接室のアームチェア、二階にある文代の居間を兼ねた寝室のベッドとデスク、テーブル、化粧鏡と、新婚らしい華やかさにもことかかないが、重要なのはそうした「住み心地の良さ」（フィリップ・アリエス『〈子供〉の誕生』邦訳は一九八〇年）が〈近代家族〉の主要件であったということである。その意味でも、この龍土町の家とその居住者たちは、池袋に転居した乱歩一家に負けず劣らず、〈近代家族〉の要素を兼ね備えていたと言ってよい。しかもそこには愛し合う夫婦だけでなく、子供もいたのだから。

小林少年を子供と見立てることによって、明智の家庭は、乱歩のそれとも、そしてこの時期世の中に広まりつつあった〈近代家族〉像とも重なることになる。「家庭内の人間関係には、愛し合い、信じ合うことが基本であって、そのような人間的生活を営むことのできる家族は夫婦と子からだけで構成され、夫婦と子以外の者が同居しない家族が望ましいと言い、まさに今日の核家族が想定されている」（『日本の親子二百年』）。

小林少年（ひいては少年探偵団のメンバーたち）を明智夫妻の子供と見立てるのは奇矯に見えるかもしれないが、実は夫婦と少年たちとの間は、しつけに類した親子の絆のようなもので結ばれてもいたのである。

『怪人二十面相』（一九三六年）、『少年探偵団』（一九三七年）などに繰り返し出てくる、勇気、助け合い、勉学優先などの「徳目」は、「我子のしつけ方」に見られたそれらにかなり近い。

また、突拍子もないのを承知で言えば、少年探偵の七つ道具のなかの「小型の手帳と鉛筆」は、「我子のしつけ方」に出てきた注意力や記憶力を養うための携帯用備忘録と同じ役割を果たしていると言えなくもない。さらに、『妖怪博士』（一九三八年）に出てくる、握り飯を入れたリュックサックを背負っての奥多摩の鍾乳洞探検は、〈近代家族〉たちにおいて強迫観念化していた「行楽」そのものでさえある。

明智夫妻が少年たちを、と言ってもいいし、作者が少年読者を、と言ってもいいが、いずれにしても少年が一人前の大人になっていくために必要なことがらや体験すべきことが、そこには説かれており、それは「我子のしつけ方」に見られたスタンスとそれほど懸け離れたものではなかったのである。

もっとも、明智における〈近代家族〉の疑似体験も長くは続かなかった。戦後は千代田区の事務所に移り（『青銅の魔人』一九四九年）、さらに一九五四年の『兇器』になると麹町のアパートに転居し、愛妻の文代さんまでもが結核で療養所暮らしという理由で姿を消してしまったのだ。

ここからは何を言ってもしょせんは恣意的な感想にしかならないが、はっきりしているのは、明智における〈近代家族〉の時代は終わりを告げたということだ。住まいはもはや郊外の文化住宅ではないし、愛妻もそこにはいない。残ったのは、歳をとらない小林少年だけだ。

一種グロテスクな光景と言えなくもないが、ともかく大衆作家、通俗作家として極力、時代と読者に寄り添うことで作り上げた〈近代家族〉像を、乱歩は破棄した。

もちろん、そのことは、世の中における〈近代家族〉像の動向と関連していたというわけではないだろう。しかし、巨大で苛烈な戦争を経た日本という国において、昭和モダン期の〈近代家族〉像がそのまま温存されたり、何の問題もなく順調に発展していけたかというと、そうは思えない。いずれにしても、はっきりしているのは、明智における〈近代家族〉の時代は終わりを告げたということだけなのである。

第11章 戦略としての土蔵

蔵の中からという趣向

土蔵―幻影城問題というささやかな論争がある。要するに乱歩邸の土蔵を幻影城と呼ぶのは是か非かという問題だが、孫の平井憲太郎氏は「乱歩と土蔵」（『旧江戸川乱歩邸土蔵保存修理工事報告書』二〇〇五年）のなかで、乱歩自身は「幻影の城主」と名乗ったことはあっても、土蔵をみずから幻影城と呼んだことはないと貴重な証言をされている。

もちろんこれはこれでその通りかもしれないが、そのいっぽうで考えなくてはならないのは、「蔵の中から」（一九三六～三七年の連載タイトル）という言い方と「幻影城通信」（一九四六～五一年の連載タイトル）という言い方との相似性である。どちらも日々感じ考えた推理小説的趣味の話題を連載エッセイ風に綴ったものだが、ここでは「蔵」ないし「蔵の中」と「幻影城」とは完全に置き換え可能であり、だとすれば話題作りに忙しいマスコミ等によって土蔵が幻影城と呼ばれたとしてもやむをえないことだったかもしれない。

ところでここで問題にしたいのは、これとは少しズレたことだ。「蔵の中から」とか「幻影城通信」とかいうタイトルのつけ方からわかるのは、乱歩が、蔵の中から、ないしは、幻影城から、何ごとかを発信する、という体裁を選んでいるということだ。これを読者の側からみれば、一連の連載文はほかならぬ蔵から発信されてきたものとなり、すなわちそこにはなんらかのニュアンスなり価値が付け加えられていた、ということになりはしないだろうか。「戦略としての土蔵」というのが本章につけたタイトルだが、「蔵の中から」にしても「幻影城通信」にしても、トレードマークとしての蔵を売り物にした表題をつけることで、あの（怪しげな）土蔵から繰り出される一連の文章、とでもいったような、一種の幻惑効果を狙っていたのではないだろうか。その効果のことをここで「戦略」と呼んだわけだが、そうした付加価値や幻惑効果は、むしろエッセイよりも小説においてこそより多く発揮されるにちがいない。そして乱歩はそのことにきわめて自覚的であり、しかもそうした傾向はだいぶ以前から、すなわち『蜘蛛男』で通俗長編をスタートさせる一九二九年以前からすでに見て取れるようなのである。

乱歩と土蔵と言えば、「白昼、蔵の中にたてこもり、ロウソクの灯で原稿を書き」（徳川夢声の発言、乱歩との対談「問答有用」『週刊朝日』一九五四年一一月一三日）という作家イメージがあまりにも有名だが、その起源は、土蔵を改造した書斎が乱歩を魅了した車町時代（一九三三年四月～三九年六月）ではなく、さらにそれ以前の、下宿屋緑館を経営していた戸塚町時代（一九二八年四月～三三年四月）にまで遡ることができる。

別棟として新築した家の二階を書斎とし（図11－1）、そこを、隣家の二階から見られるのを嫌って「窓というものが殆んどなく、昼でも薄暗い密室めいた」「変てこな部屋」にしてしまったことがそもそもの発端だった（『探偵小説四十年』）。

戦略としての土蔵の起源

そして「私が昼間でも雨戸を閉めきって、蠟燭の光で仕事をしているという伝説のようなものは、この部屋からはじまったらしく思われる」、と乱歩は続けている。増築時期は一九二八年四月だから、戦略としての土蔵の起源はこの時期に求められなくてはならないが、このことを世に広めるキッカケとなったのは、それから二年余りのちの「名士の家庭訪問記」（実際は目薬の広告を兼ねていたという。『報知新聞』一九三〇年一一月二六日）という、大阪時代の旧友の文章であったかもしれない。

「貼雑年譜」に貼られたその記事には書斎の様子はこのように描写されている。

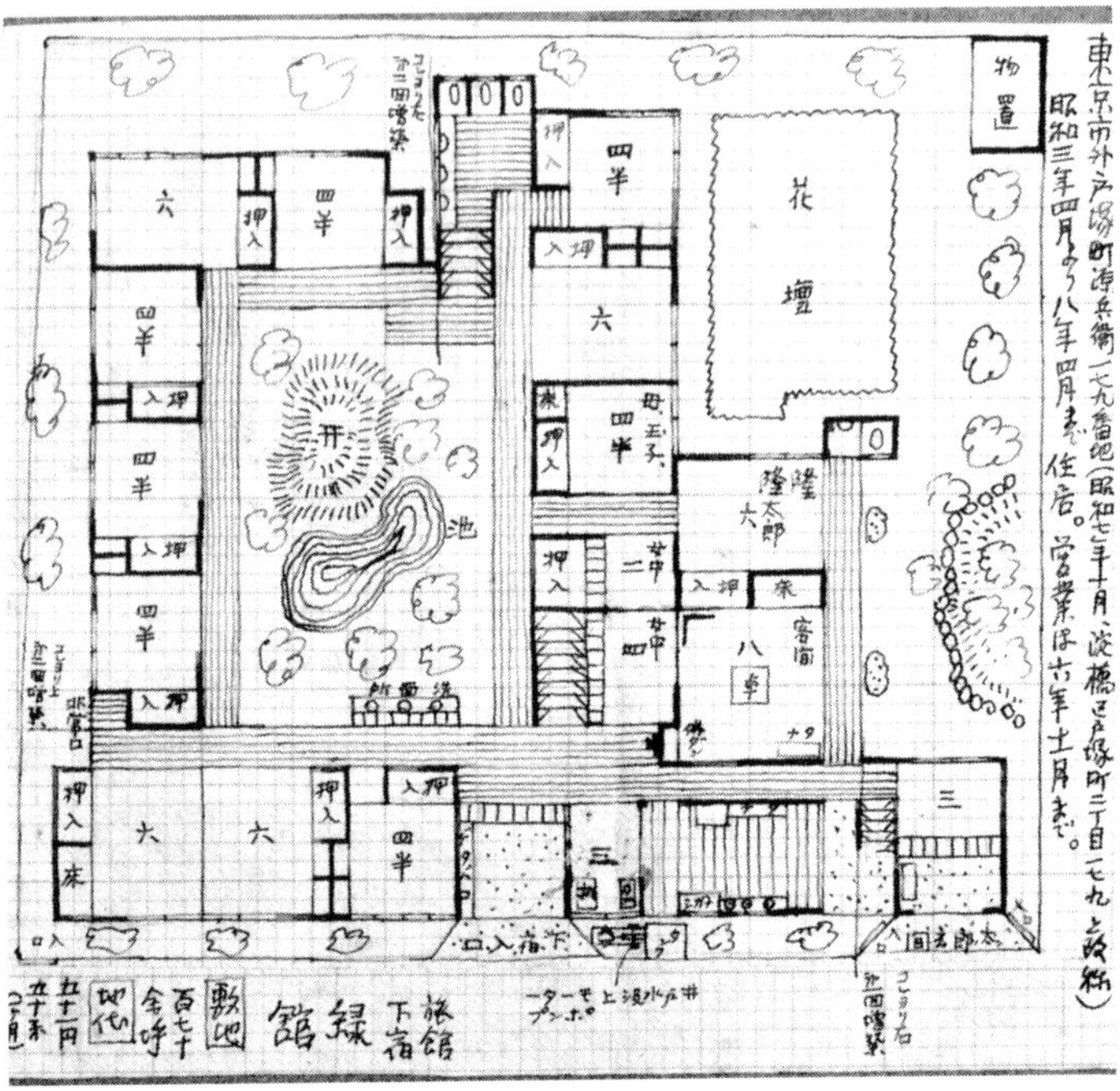

記者は兼ねて人からも聞かされて居り、また雑誌などでも読んで知つて居るので、ちやんと覚悟はして来たのであつたが『どうぞ』と言つて奥様がその書斎の戸を開けられた時には、流石《さすが》の記者も思はずたじろがずには居られなかつた。といふのは、時間はまだ真昼間だといふのに、書斎の中は真暗で、その真暗な中に蠟燭の灯がたゞ一つ薄ぼんやりと点つて居るだけだつたからである。

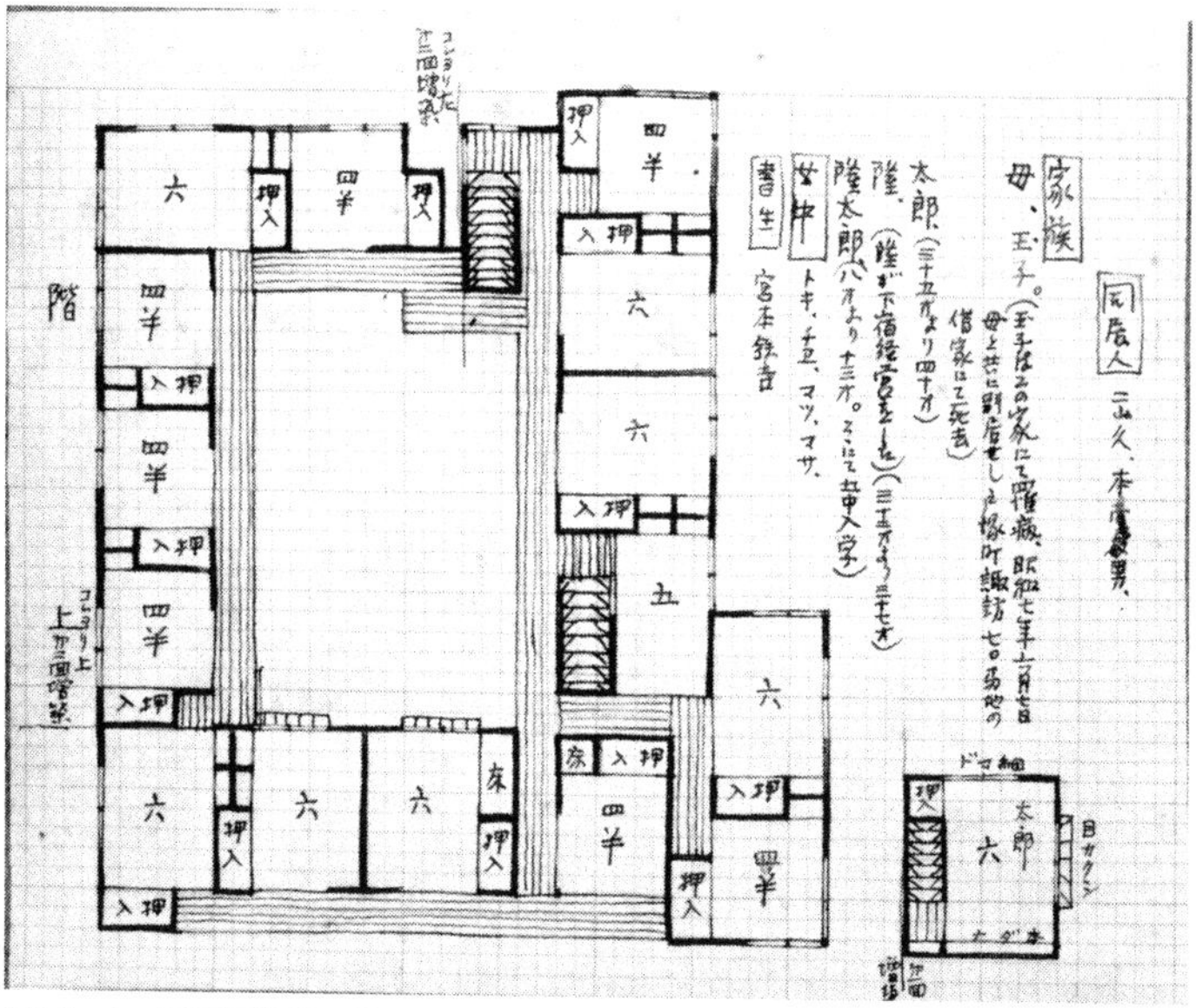

図11－1　下宿屋緑館の間取り。右側の1階部分のみ母屋とつながり、左側の2階書斎は孤立した「密室」となっている（「貼雑年譜」）

　さらに、これを受けて記事の後段では乱歩の言葉として次のような発言が紹介されている。

『さうです。僕の書斎は絶対に太陽の光線を入れないことにして居ます。僕は太陽の光の下では一字も原稿を書くことの出来ない人間なんです。ですから、こんな風に時代錯誤な蠟燭の光をたよりに原稿を書いたりして居るんです。然し、時には蠟燭の光のやうな軟い光でなく、もつと強い、もつと刺戟的な光が欲しい場合には血のやうな真赤な電球をつけて書くことがありますよ。』

戦略としての土蔵（＝暗闇）効果のあからさまなまでの告白、といっていいが、『探偵小説四十年』では「その後、私が真暗な部屋で蠟燭の光で物を書くという伝説のようなものが出来てしまったのには、この記事広告が預かって力があったのだと思う」と述べている。

しかし、ここで見落としてはならないのは、「記者は兼ねて人からも聞かされて居り、また雑誌などでも読んで知つて居る」とあるように、記者は訪問以前から特異な書斎の様子をマスコミなどを通じて知っていたフシがある点であり、だとすればこの訪問記事を伝説の起源とする乱歩の証言には疑問符がつく。

現に、先にも引用した『探偵小説四十年』の別の個所では「私が昼間でも雨戸を閉めきって、蠟燭の光で仕事をしているという伝説のようなものは、この部屋からはじまったらしく思われる」とも述べていたのだから、伝説の起源は時期的には一九二八年四月の薄暗い密室めいた書斎増築期に限りなく近づくとみたほうがいいだろう。

それというのも、『蜘蛛男』（一九二九～三〇年）以下の一連のおどろおどろしい通俗長編こそが戦略としての土蔵から生み出された作品としてふさわしい、とわたしが考えているからで、その意味からも一九二八年四月という時期は譲れないのだ。

戸塚町時代と車町時代とを重ねて、「戸塚時代の書斎は純然たる日本式の薄暗い離れだった、それとこれ（車町の書斎のこと――藤井注）とは妙な変遷だが読者を魅するグロ味豊かな作品が、あの離れから生れたとすれば、こん度はどんな味がモダン書斎を通して窺へるだらう」という、「新書斎に於ける江戸川乱歩氏」と題された写真の説明文（「貼雑年譜」。『読売新聞』一九三三年五月二〇日）が的確に指摘しているように、あの薄暗い空間からおどろおどろしい作品群は生み出されたのであり、それを土蔵の「戦略」化、戦略としての土蔵、と呼びたいわけである。

幻影の城主

実は、よく知られているように、乱歩のこうした好尚は、ごく早い時期からみられたものだった。独身寮の部屋の一間《いっけん》の押入れの棚の上に布団を敷いて、そこに横たわって終日声をひそめていたというような体験がそれである（「幻影の城主」一九三五年）。「暗い押入れの中でだけ、彼は夢の国に君臨して、幻影の城主であることが出来た」。いわばこうした個人的な性癖に過ぎなかったものが創作家としての「戦略」にまで昇華させられたのが、戸塚町時代に始まり車町時代へと引き継がれた、戦略としての土蔵だったのである。

いずれにしてもこの戸塚町時代の延長線上に、あの有名な車町時代の土蔵やそこでの芳醇な体験があり、さらにはその延長線上に池袋の乱歩邸の土蔵があるというわけである。この二つの土蔵に関する証言は無数にあるが、比較的古いものでは、「探偵小説十五年」（『江戸川乱歩選集　第一巻〜第九巻』一九三八〜三九年）中に、車町の借家は「土蔵を改造した天井の高い洋室があって、その薄暗い部屋が忽ち私の気に入り、他のことは何も考えず、その家を借り受けることにしたのであった」とある。同じく池袋の家と土蔵に関しては次のようにある。

ここは庭の面積がやや広いのと、平家であることと、やはり土蔵がついていることなどが私の気に入って、もう五年程も動かないでいる。ここの土蔵は本当の蔵のままで、決して人の住む部屋にはなっていないのだが、私は却ってそれを好んで、土蔵の中に書棚を造り、机や椅子を置いて、世間から隔離された、その薄暗い殺風景な書斎を愛している。

これらの証言では土蔵は戸塚町時代と同じく、その閉鎖的な薄暗さが強調されているが、池袋の土蔵が車町時代までと違うのは、二階の空間を持っていたことであり、「蔵の中から（六）」（一九三七年）ではそれがモンテーニュの塔になぞらえられている。

モンテーニュの塔は世俗からの隔離と薄暗さという特徴のほかに、窓からは広い田園が見晴らせ、鐘楼からは鐘の音も聞こえてきたという。そして「モンテーニュの塔のミニアチュア」である池袋の土蔵にも、隣接する神学校の礼拝堂の鐘の音が聞えてきたというのである。土蔵にしても塔にしても（さらには押し入れや地下室にしても）、そこが非現実の幻影の国であるという点で共通し（前出「幻影の城主」）、そこの城主たらんとしたところに乱歩の作家的原点があった。

つまり暗闇の空間はおどろおどろしい作品を生み出すためだけのものではなく、非現実の幻影の国でもあったわけで、このふたつが相まって乱歩における戦略としての土蔵は完成したとみることができる。その意味で乱歩文学にとって土蔵（ないしは土蔵的空間）との出会いは決定的なものであったのである。

「幻影の城主」の発表が一九三五年、そして「蔵の中から」の連載開始が一九三六年であることから考えれば、遅くともこの頃までには、戦略としての土蔵というスタイルは乱歩の中で自覚的に確立されたとみることができる。戸塚町時代からの、あの薄暗い空間からおどろおどろしい作品を、というグロテスクな評判を逆手に取って、通俗長編を書き継ぐ過程で徐々にそれを「戦略」にまで昇華させていったわけで、そのスタイルはどんなに遅くみてもこの頃までには完成されていたとみなくてはならない。

書斎・書庫としての土蔵

そうした形而上的意味だけでなく、土蔵は乱歩にとって書斎でもあれば書庫でもあったわけで、そのへんについてここで簡単にまとめておくことにしよう。

車町の土蔵改造洋室については前述したが、『探偵小説四十年』では、「玄関を入ると土蔵があり、これが二階の床を取り去って天井の高い洋室に改造されていた。十坪ほどの洋室である。天井がバカに高いのと、土蔵のことだから壁の厚いのが、私の気に入った」とある。そこに「ロンドン塔の内部」風の古風な雰囲気の大書棚と大机その他を特注で造らせたのである。

これらは池袋の土蔵にも運ばれて階下に置かれ、書斎兼応接コーナーとなった。「貼雑年譜」中の池袋の家の平面図は引っ越し当初に描かれたものではないが、土蔵の一階部分に本棚と大机、小さなテーブルと椅子がいくつか置かれているのがわかる（図12－1参照）。冬場の寒さ対策として引っ越して三年後には「三キロの電気ストーヴ」（「蔵の中から（六）」）も置かれ、何年かは年間を通じて書斎として機能していたようだが、戦争中の電力節約で「還流電熱器」が使えなくなってからは、書斎は主にマスコミ撮影用の、かたちだけのものとなったという（『探偵小説四十年』）。

書庫としての乱歩邸の土蔵で際立つ特徴の一つは、一人の作家の蔵書が量・配列ともにかなり完全な形で維持されてきたという点だろう。冊数にして和書約一万三〇〇〇冊（翻訳書を含む）、洋書約二六〇〇冊、雑誌約五五〇〇冊、近世書籍約三五〇〇冊というのがその全体像だが、通常の作家蔵書の研究が集書傾向や書き込み調査が中心であるのに対して、乱歩蔵書の場合は、書庫ごと保存されるがゆえにわかる配置や使用頻度、利用上の特徴などさまざまな情報に恵まれているところがユニークだ。ただ、そうは言っても量はともかくとして、配置までもが存命時そのままとは言い切れず、そのへんの緻密な復元作業も必要となってくる。その場合、たとえば一九五四年時点の書棚の様子をみずからまとめた文章（「私の本棚」『読売新聞』一九五四年二月七日）とか、書棚の至る所に残された誌名を記したラベルが貼られた跡などは貴重な手がかりを与えてくれるにちがいない。

近代における土蔵改良史

ところで、周知のように、乱歩が土蔵のある池袋の借家に越してきたのは一九三四年のことだから、当然ながらそれまでは土蔵は乱歩のものではなかった。土蔵の建築が一九二四年であることはわかっているから、乱歩が越して来た時には土蔵は築一〇年という年齢であったことになる。

一九二四年といえば関東大震災のおこった翌年であり、当然そこには震災が大きな影を落としていた。そしてそこから乱歩と出会うまでの一〇年間は、震災復興から大東京へ、と目まぐるしく世の中が変動した時期でもあったことは言うまでもない。のちの乱歩邸の土蔵もそうした激動の時代を、乱歩の知らないところでくぐり抜けてきていたわけで、ここでは本書の主要な柱の一つである「モダン東京」という観点から、近代における土蔵改良史のなかに乱歩邸の土蔵を位置付けてみたい。それというのも、あまり知られてはいないが、乱歩邸の土蔵こそは典型的な震災後の改良土蔵、モダン土蔵だったのである。

長いあいだ木骨と土塗りが定番であった土蔵が改良されるのは近代以降のことであり、煉瓦倉、コンクリート倉、鉄筋コンクリート倉などが次々に考案された（「さうこ（倉庫）」の項、『日本百科大辞典Ⅶ』一九一六年）。煉瓦倉の湿気対策として「セメントモルタル」ないしは「アスファルト」の壁塗りが考案され、それがコンクリート倉へと発展し、さらには耐震性を求めて鉄筋コンクリート倉へと発展したというわけだ。

さらに耐震性を求めた近年の傾向として、土蔵の小屋組にも従来の和小屋ではなく「西洋小屋を用ふるもの多し」と同項目の説明文は指摘している。同辞典には「どざう」という項目もあるが、そこでは従来の方式では耐火性も壁や扉の綻びから失われることが多く、それをカバーするためには煉瓦造りでも十分ではなく、鉄筋コンクリート造りが望ましいとされていた。

　これらの記述は震災前のものだが、震災後の一九二八年に刊行された『日本家庭大百科事彙 第二巻』になると、「大正初年まで最も多く見られた土蔵の、普く行き亙ったのは、極めて近代の事である。今日鉄筋コンクリート構造の進んだ時代に於ては、土蔵は最も不経済で、最も安心し難い構造法として見捨てられるに至つた」（「クラ」の項）といとも簡単に切り捨てられている。同辞典は土蔵造りの家屋についても、土塗りの回数の多さ、その都度乾燥にかかる時間などを考えても「昔時建築術の進歩しない間に於てこそ意義もあつたらうが、鉄筋コンクリート構造の進んだ今日では、実施せらるべきものではない」と一刀両断である。

　以上二例は辞典の記述だが、建築関係の単行本を見ても、明治の終り頃までは石や煉瓦を用いた土蔵を推奨していたものが多いのに対して、大正半ば頃からは（震災前から）鉄筋や鉄網のコンクリートを推奨するものが多くなってくる。高橋鉄造の『経済で便利な家の建方』（一九一九年）は、従来の土蔵では耐火性が不十分であるとして、鉄筋コンクリートないしは鉄網コンクリートの耐火性耐震性を高く評価し、「鉄筋混凝土《コンクリート》土蔵」を推している。

震災後のモダン土蔵

震災後に刊行された瓜生康一の『鉄筋混凝土の知識と建築の実際』（一九二四年）は「日本

図11－2　**新式土蔵**（瓜生康一『鉄筋混凝土の知識と建築の実際』1924年）

土蔵の歴史」を丁寧に辿った上で、このように述べている。

> 土蔵造りは日本独特の防火建築で現に用ひられつゝあるのです。本式に手を抜かず念入りに仕上げ、余り古いのでなければ耐震耐火の効果あることは、過般の東京の大震火災で、あの大激震に耐え猛火に包まれて焼け残つた土蔵が沢山あるので明白です。然し其の材料が木材竹材藁つた縄の如き耐久力に限りあるものだから、建築後年限がたつて之れ等の筋骨が腐朽すれば耐震力がないことは、是亦過般の大地震で土蔵の多数が壁土や屋根の土の振り落されたことで明かです。

ここから瓜生は「耐久耐火耐震の三大特長を永久に失はぬ」「鉄筋混凝土造」に軍配をあげるのだが、この本のユニークなところは、にもかかわらず、「泥土の如き悪い材料を以て良くもあれだけの立派なものが出来たかといふに、決して一朝一夕の業ではありませぬ、吾々の祖先が心血を濺いだ苦心の結晶であります」として、伝来の土蔵への敬意を隠さないところにこそあった。そして「土蔵を廃して鉄筋コンクリート倉庫」に闇雲に走るのではなく、「土蔵造——それは尊い祖先の賚物《たまもの》——を改良した現代的の新式土蔵造を案出したらば如何だろふ」と提唱しているのである。このページには実際にそうした新式土蔵の写真が掲げられているが（図11－2）、そのキャプションには「日本土蔵を倣ひたる鉄筋コンクリート倉庫であつて床屋根扉一切鉄筋コンクリート造であります」とある。

ここで連想されるのが、瓜生本と同年（一九二四年）に建てられ（家屋現況調査票による—『旧江戸川乱歩邸土蔵保存修理工事報告書』）、のちに乱歩が借り受け（一九三四年）、その後購入した（一九四八年）池袋の乱歩邸の土蔵である（図11－3）。この土蔵は、新潟県知事などを歴任し、一九一六年からは大阪の藤田組（銀行や鉱山、林業などを多角経営）総務理事の地位にあった坂仲輔（一八七〇年—一九二五年）が、当時東京の椿山荘（小石川区）を住まいとしていた社長の藤田平太郎（貴族院議員）との社務のやりとりの便のために建てた（一

図11－3　池袋の乱歩邸の土蔵（部分）（『サンデー毎日』1955年9月4日）

九二一年──登記簿による）東京別邸（名義上の所有者は坂の非嫡出子の坂輔男──一九一三年生まれ）の敷地内に増築するかたちで作られたものであった。

増築ということもあってか、建築当時は登記されることはなく、登記されたのは乱歩に所有権が移る一九四八年四月だが、その登記簿には「鉄コンクリート風土蔵二階建居宅　建坪七坪五合　二階坪七坪五合」とあり、のちに移記された際には「鉄筋コンクリート土蔵造瓦葺二階建」と改められた。伝統的な土蔵としての外観を保ちつつ、実質は鉄筋コンクリートで補強された新時代のモダン土蔵であったわけで、瓜生本が提唱した、土蔵造を改良した「現代的の新式土蔵造」のイメージそのものなのである。

「鉄筋コンクリート土蔵造瓦葺二階建」の中身が実際にどのようなものであったかは『旧江戸川乱歩邸土蔵保存修理工事報告書』中に詳細に記述されているが（横山晋一担当）、震災直後ということもあって、さまざまな耐震耐火対策がとられていたことがわかる。『日本百科大辞典Ⅶ』が「近年の傾向として」挙げていた洋風小屋組の採用、「土台を載せるためのコンクリート布基礎形状」、鉄筋鉄網を配筋された屋根コンクリートスラブ、同じく鉄筋鉄網を埋め込んだモルタルの壁、等々である。

乱歩が「昔風の土蔵がついているのが気に入って」（「池袋二十四年」『立教』一九五六年一〇月）と記した見かけの古風さとは裏腹に、のちに主屋ともども乱歩の所有となる土蔵は、実際は最新式の土蔵として、当時もっとも期待と注目を集めていたタイプに属するものだったのである。

だとすればそれは、震災復興から大東京時代にかけてのモダン東京を背景として大衆読者を熱狂させた通俗長編の書き手である乱歩の書斎として、また幻影の城主の居城としていかにもふさわしいものであったと言うことができるのではないだろうか。

第12章
乱歩邸が乱歩のものとなるまで

県知事の別宅

この章には通俗長編はもちろん、乱歩もほとんど登場しない。その代わりに、大正期に東京の郊外に建てられた一軒の家がモダン東京の時代をくぐり抜け、乱歩と出会い、ついには乱歩のものとなるまでの波乱の歴史を紹介してみようというのである。

乱歩が一九三四年七月に転居し、のちには購入して(一九四八年)ついの住処とした池袋の家について、乱歩は「池袋二十四年」(『立教』一九五六年一〇月)の中で次のように述べている。

今のわたしの家は、昔風の土蔵がついているのが気に入って、引越しをしたのだが、これはもと、どこかの県知事が別宅として建てたもので、物々しい昔風の門があり(この門と、塀と、物置小屋は戦災で焼けた）、門内には人力車の車夫の待つ、供待ちの小屋まで建っていた。

こうしたハッキリとした証言があるにもかかわらず、従来ここで述べられている内容と事実との突き合わせは十分ではなかった。二〇〇三年三月に豊島区有形文化財に指定された敷地内の土蔵の保存修理の経緯をまとめた『旧江戸川乱歩邸土蔵保存修理工事報告書』（二〇〇五年）においても、土地台帳でこの土地の所有者とされている大阪市東区東高津南町一一一（正式町名は「東高津南之町」）の坂輔男なる人物と、「どこかの県知事」という乱歩証言との不一致は未解決のまま残された。

実はわたし自身も神奈川近代文学館の『大乱歩展』図録（二〇〇九年）の解説文の中で単に「坂輔男家の別宅」としてこの問題を棚上げしてしまったのだが、かくてはならじと今回豊島区はもちろん大阪や宝塚（後述）にも足を運び、その結果、不一致の解明を始めとしてある程度のことがわかってきたので、ここではそのささやかな経過報告を試みたい。

わかってみれば単純なことなのだが、そもそものあやまちは、土地台帳のみを見て土地登記簿を確認しなかったところにあった。一般的に土地台帳がどの時点から記録されるものなのかは寡聞にして知らないが、少なくとも今回の場合は登記簿にはその前史が記録されていたのである。

乱歩が「貼雑年譜」に詳細なこの土地と家の平面図（この家だけでなく他の住居の場合も同様だが）を残していることは広く知られているが（図12－1）、「敷地三百余坪」と乱歩がこの図中に記したこの土地は、土地台帳と登記簿によれば三六〇坪二合五勺（約一一八九平方メートル）で、登記簿によるとその最初の所有者は地元の安藤菊太郎なる人物であり、一九一四年四月に家督相続でこの土地を取得している。

そして翌一五年六月にこの土地は新潟県新潟市営所通二番町六九二番地の坂仲輔なる人物に所有権が移り、登記されている。登記簿上からはこれ以上の情報は得られないが、『日本の歴代知事』（一九八〇年）などによると、坂仲輔は当時新潟県知事であり（一九一四年四月～一六年六月在任）、それ以前に茨城（一九〇八年一〇月～一二年一二月）、石川（一九一二年一二月～一四年四月）などの知事を歴任するほどの、かなりの大物官僚だった。この坂仲輔に関しては、佐藤英達氏が一貫して経営者としての側面の研究を続けておられるので、その「坂仲輔論」（『関西実践経営』三〇号、二〇〇五年）に基づいて、坂仲輔のプロフィールを簡単に紹介しておこう。

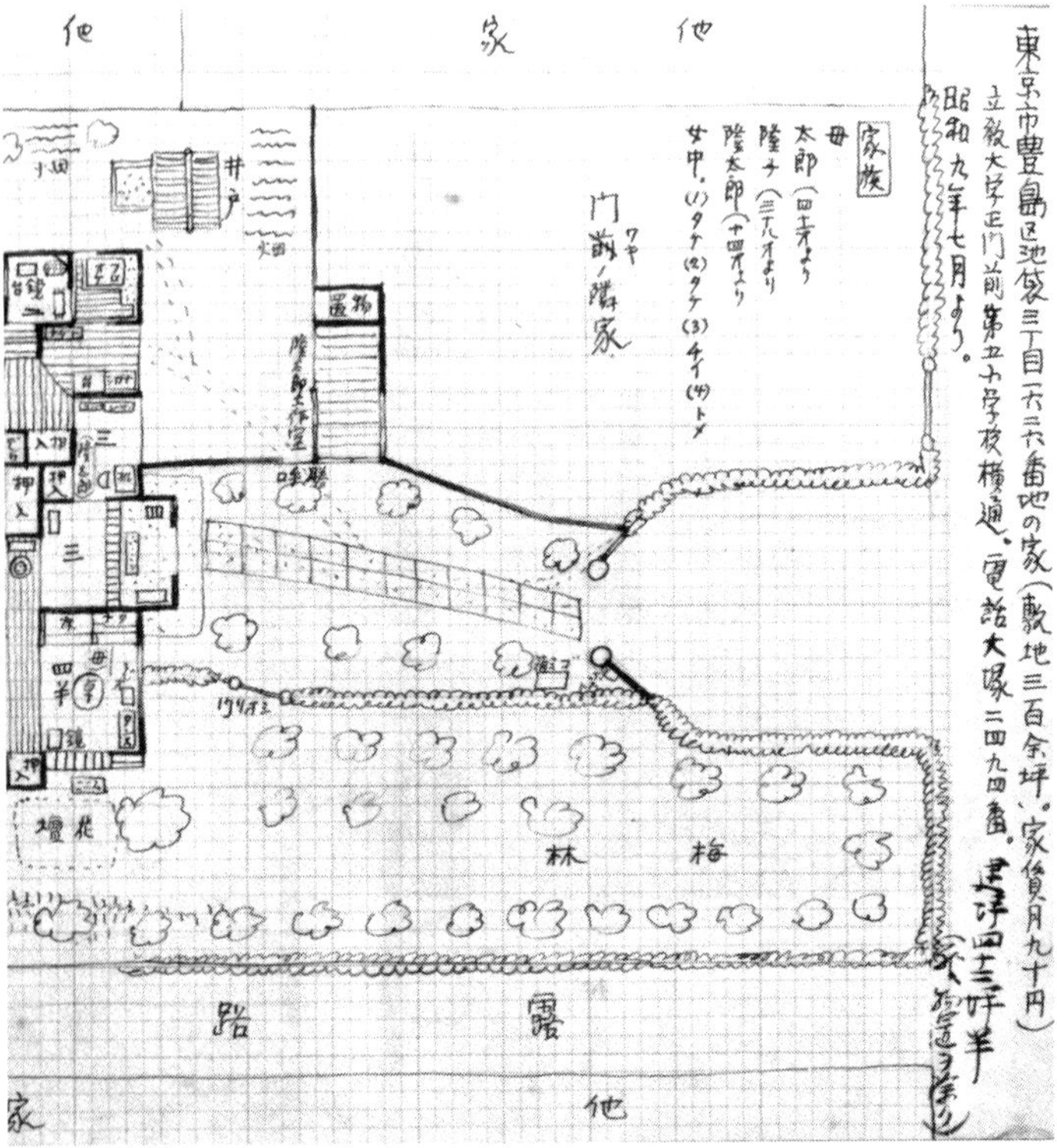

坂家の人々

生年は一八七〇年。毛利の分家の家臣の長男として現在の山口市に生まれている。のち東京高等商業学校に進み、文官試験に合格し、一八九六年に内務官僚となった。以後おもに長州閥の官僚として、会計検査院書記官、内務大臣秘書官、内務省参事官などを歴任し、一九〇四年からは地方の県書記官、県事務官

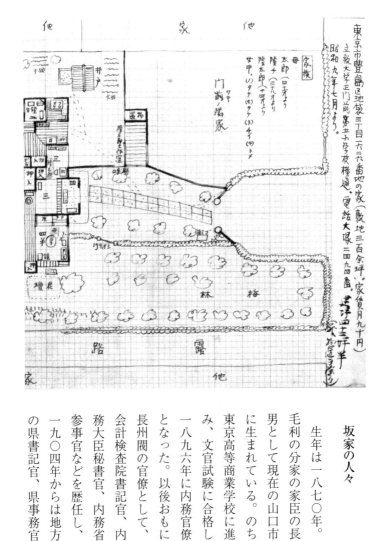

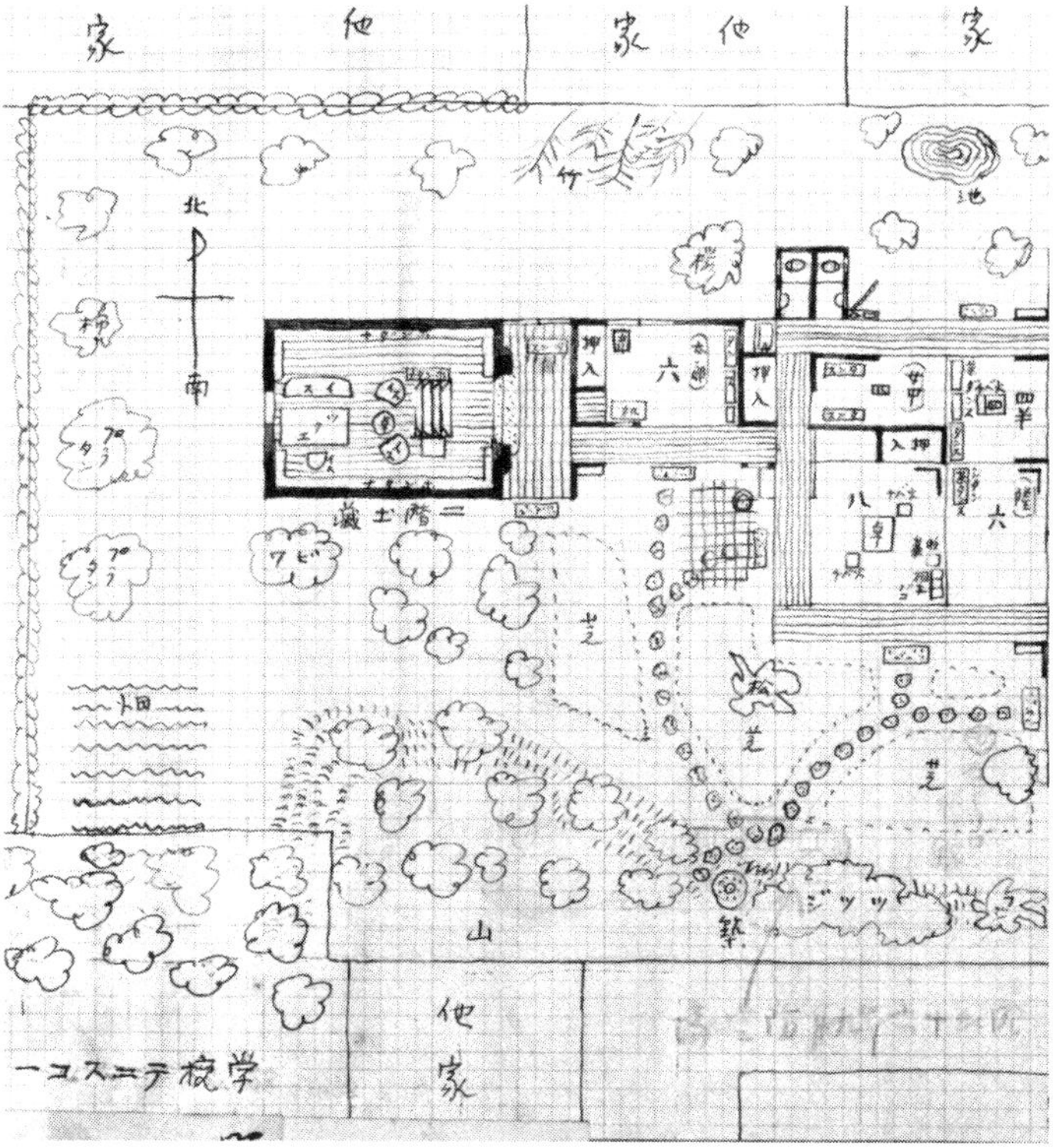

図12－1　乱歩作成の乱歩邸図面。書かれたのは戦中期か（「貼雑年譜」）

を務め、一九〇八年からは前述のように各県の知事を歴任している。

　そうした坂がなぜ四〇代半ばで東京の郊外に土地を求めたかだが、佐藤氏の指摘によれば、当時は知事経験者は最後は貴族院の勅選議員（定員一二五名）となるのが通例だったようで、そうだとすれば一つにはそうした将来を見越しての東京の土地取得であったと想像される。「一つには」としたのは、そこにはもう一つの目的もあったのではないかと想像しているからなのだが、そのもう一つの目的のほうは、登記簿のその先を見ていくことで明らかとなる。

実は問題のこの土地は、購入後わずか一年あまりのちの一九一六年一〇月に大阪府大阪市東区東高津南町一一一番地（登記簿による――正式町名は前述のように「東高津南之町」）の伊藤輔男なる人物に所有権が移されている。問題の坂輔男と名前が一致する人物の出現である。登記簿上ではこの土地の三番目の所有者ということになるが、さらにその先の欄を見ると、この伊藤輔男なる人物は一九一九年五月に「坂輔男」と氏名変更している（登記簿上への届け出は二一年九月）。同姓プラス名前の一字一致ということから、坂仲輔との濃厚な関係が予想されるのである。

前掲の佐藤英達氏の研究によれば、実は坂輔男は坂仲輔の非嫡出子であり（一九一三年四月一四日生まれ――『著作権台帳』による）、母親は茨城県人の伊藤つねという女性であった。坂仲輔は一九〇八年一〇月から一二年一二月まで茨城県知事の職にあったから、その間に生じた関係によるものと推測される。そして一九一六年時点では伊藤姓であったものが一九年に認知され庶子となり、坂姓を名乗ることになったと思われる。いずれにしても、伊藤輔男（のちの坂輔男）はわずか三歳で土地を贈与されたわけであり、そうだとしたら坂仲輔の土地購入には非嫡出子に対する財産分与的目的もあったと想像されよう。

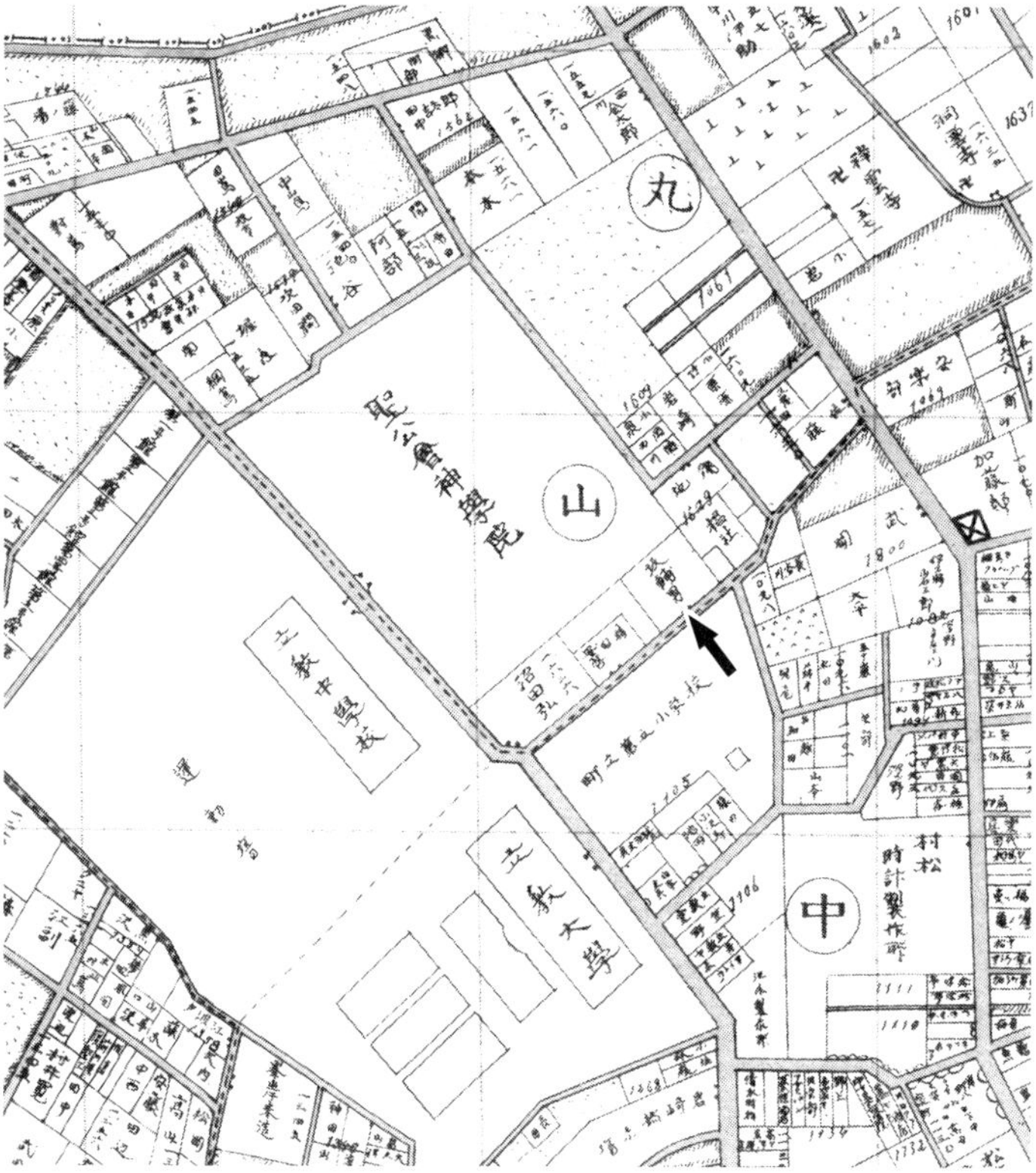

図12-2　中央ののちの乱歩邸のところに坂輔男との名前が判読できる（「西巣鴨町西部事情明細図」1926年、豊島区立郷土資料館複製）

この土地に坂輔男を名義人とする屋敷が建てられたのは一九二一年九月であった（実質の建築主と利用者は父親の坂仲輔だろう）。のちの乱歩邸である。登記簿によれば、「木造瓦葺平家　建坪四十坪二合五勺」と付属する物置（「木造トタン葺平家　建坪二坪五合」）の二棟であった。「貼雑年譜」中の乱歩作成の図に「四十二坪半」とあるのは乱歩自身注記しているように、物置を含んだ大きさである。震災後の一九二四年には土蔵も建てられ（家屋現況調査票による――『旧江戸川乱歩邸土蔵保存修理工事報告書』）、増築ということもあってか建築当時は登記されなかったが、土地・主屋ともども乱歩に所有権が移る一九四八年四月にいったん坂輔男名義で登記されている。その登記簿には「鉄コンクリート風土蔵二階建居宅　建坪七坪五合　二階坪七坪五合」とあり、建築当時としては最新式の耐震耐火の改良土蔵であった（第11章「戦略としての土蔵」参照）。このような経過を経て土地・主屋・土蔵がすべて出揃い、あとはその一〇年後（一九三四年七月）の乱歩の引っ越しを待つばかりとなったのである（図12－2）。

西巣鴨町と「乱歩邸」

ここで、この土地の「価値」について少し補足しておこう。乱歩が転居してきた当時の番地は豊島区池袋三丁目一六二六番地だが、これは一九三二年の市域拡張以降の番地であり、それ以前は北豊島郡西巣鴨町大字池袋字丸山一六二六（一九一八年〜）、さらにそれ以前は町制施行前で、北豊島郡巣鴨村大字池袋字丸山一六二六番二号であった。つまり坂仲輔が購入した時は巣鴨村時代で、家を建てた時は西巣鴨町時代であったというわけである。

そこで、この北豊島郡、さらには西巣鴨町の「価値」ということになるのだが、この地域は当時の東京で渋谷などと並んで郊外住宅地としてもっとも発展しつつある地域の一つだった。棟数、世帯数、人口のいずれを見ても、急速に拡大・発展しつつある地域だったのである。北豊島郡ということになると現在の豊島、北、荒川、板橋、練馬も含んでしまうのであまり参考にならないが、西巣鴨町（一九一八年以前は巣鴨村）だと、現在の巣鴨、北大塚、南大塚、西巣鴨、上池袋、池袋本町、池袋、西池袋、東池袋、南池袋に限られるので、発展の度合いをうかがうのにはちょうどいい。

『豊島区史　通史編二』（一九八三年）にまとめられた統計によると、西巣鴨町の戸数、人口は、坂仲輔が土地を購入した一九一五年には六三四六戸、二万五三一九人であったのが、家を建てた一九二一年には、一万三五八六戸と五万三二七三人と二倍以上にふくれあがっている。これが昭和に入った一九三一年だと、約三万戸と一二万人と、一〇年前の三倍近くにまでさらに増加している。

坂仲輔がどういう勘を働かせてこの土地に目を付けたのかはわからないが、いずれにしてもこの西巣鴨町（旧巣鴨村）は、東京府下でも一、二を争う有望な住宅地だったのである。モダン東京を代表する住宅地といってもいい。池袋に近いという交通の便も見逃せないが、住宅地としての整備も進んでいたことは次のような資料からもわかる。

本町ハ小石川区ニ隣接シ交通機関ノ発達ト共ニ商工業地トシテ発展シ、就中新中仙道並旧中仙道等ノ大道路ノ各沿道ハ殷賑ナル商業地域ヲ為シ又池袋ノ西部及北部ハ耕地整理施行ノ結果整然タル行路縦横ニ相通シ好適ナル住宅地域ヲ形成シ加フルニ下水工事其他諸土木工事ノ竣成ト共ニ宅地トシテ利用益々旺ントナルニ至レリ

（『北豊島郡西巣鴨町現状調査』一九三一年）

これを諸資料で補うと、農地の宅地化と貸家貸地の増加が目立ち、特に貸家は、府下五郡全体がそうだったようだが、全戸数の七割以上が貸家で占められたという。ある資料では一九一五年時点での巣鴨村の宅地は五〇坪が平均サイズとあり、また一般的に文化住宅なるものの規模は一〇〇坪から二〇〇坪が平均とも言われたから、これを坂仲輔が入手した土地と比べると、三六〇坪という規模は県知事という身分相応の、どちらかというと豪邸の部類に入るものであったことがわかる。その豪邸をのちに乱歩が引き継ぐことになるのである。

坂家のその後

ここではなしをふたたび、豪邸の建築とのちの乱歩の移転のところにまで戻そう。土蔵が追加で建築されてから（一九二四年）、乱歩の転居まで（一九三四年）一〇年の歳月があるわけだが、その間には所有者の坂一族の方にはさまざまなことが出来《しゅったい》した。

当初、坂仲輔による土地購入は将来の貴族院の勅選議員としての東京生活のためと、非嫡出子である坂輔男（購入時は伊藤輔男）への財産分与との二つの目的があったと思われるが、前掲の佐藤英達氏の研究によれば、坂は新潟県知事在任中の一九一六年（土地購入の一年後）に大阪の藤田組（銀行や鉱山、林業などを多角経営）へ理事として入社することを誘われ、当時勅選議員の定員に空席が無かったことからこれを受諾し、知事を辞職し大阪に転居している。

したがってこの時点で池袋の土地は財産としての意味しか持たなくなったかに思われたが、その後藤田組社長の藤田平太郎（貴族院議員）が東京の椿山荘（小石川区関口台町）を住まいとしたために、総務理事として社員筆頭格の立場にあった坂が社務のやりとりをするために頻繁に上京する必要が生じた。こうしてふたたび池袋の土地が意味を持ち始めたわけで、おそらくこのような事情を背景として一九二一年に坂の東京別宅が建設されることになったと思われる。

坂は一八七〇年生まれだから別宅完成時には五一歳であった。当時としてもまだまだ働ける年齢のはずだったが、一九二五年に突然直腸がんであることが判明し、その年の八月に急逝した（佐藤英達氏）。坂には嫡出子として三女があった。逝去を報じた新聞記事中には「嗣子輔男」、「長男輔男」という表現も見られたが、まだ一二歳ということもあってか、結局は長女が婿（旧姓・田中信弥）を取り、坂家を継いだ（坂信弥「私の履歴書」『私の履歴書18』一九六三年）。坂信弥の「私の履歴書」中には「坂の家には女の子ばかりしかいなかった。そこで義父（仲輔のこと――藤井注）は……」と、仲輔が生前に婿探しをしたと述べられているが、実際のところはもう少しいろんなことがあったかもしれない。

佐藤英達氏は前掲の研究で、仲輔が「大阪市内の病院で手術後、上本町の借家で療養していたが」と述べているが、これが上本町に至近の東高津南之町一一一番地の坂輔男の家（つまりは伊藤つねの家）を指すことは明らかである。この番地近辺の住宅事情を登記簿で確認したところ坂や伊藤名義の家はなく、そのかわり、たとえば木造瓦葺二階建てで三、四〇坪規模の家が新たに多く建てられていたことがわかる。そうした借家のひとつに坂輔男母子が住まい、仲輔は術後そこに身を寄せたというわけである。しかも、ここは仲輔の大阪の本宅のある東区仁右衛門町から一キロメートルほどしか離れておらず、当時の男女・夫婦・親子・

家をめぐる慣習を勘案しても、さまざまなことが想像されうる。

転居当時の「乱歩邸」

それはともかくとして、ここで肝心の「乱歩邸」のほうに話を戻すと、仲輔の死後、屋敷は借家に出され、それから九年後に「昔風の土蔵がついているのが気に入っ」た乱歩がこれを借り受けることになった。もっとも乱歩は同年に雑司ヶ谷に転居した大下宇陀児《うだる》の新築の家と比較してわが家を「田舎家」（『探偵小説四十年』）と呼んでいるが、実際にもこの家は築一三年のどちらかと言えば古家に属するものだったのである。

ここで遅ればせながら前掲の乱歩の回想を検証してみると、「もとどこかの県知事が別宅として建てたもので」はその通りであり、かねてからわれわれを困惑させてきた「不一致」は解消された。残るは、「人力車の車夫の待つ、供待ちの小屋」のほうだが、これに関しては登記簿からも乱歩自筆の平面図からも存在が確認できない。記憶違いや虚偽記述は考えにくいので、小規模ゆえに、あるいは一、二年遅れでの増築ゆえに未登記となり、かつ平面図が描かれた昭和一〇年代後半（図中に薄く残った日付を判読すると昭和一六年以降の作成かと思われる）にはすでに取り壊されていた、と無理やり考えれば合理化できるが、どうだろうか。

人力車の同時代状況についてては手元にぴったりの資料がないが、一九三六年刊の『大東京の魅力』という本の「大東京の交通」という章に、こんな一節が見られる。

上記の如く自動車、電車等の交通機関が右往左往してゐる中に、之れは又極めて稀れにしか見られぬものではありますが、人力車と、荷馬車、手車が残つて居ります、いまから二十年前頃には、此の人力車が帝都の真中を我がもの顔に走つて居りました。成る程乗り心地から申しますと電車や自動車に味ふことの出来ない、悠然たるものがありまして誠に結構なものであります、然かも現在ではこの人力車で乗り廻すと云ふのは、先づ往診の医者か、兜町、蠣殻町辺の株屋の番頭、花柳界の一部の人々、執達吏位が見受けられますが、それも特別の人丈けが愛好してゐるに過ぎません、尤も地方の駅等には多少は残存して居りまして名所見物等に使用されて居るやうですが、之れとても乗合自動車やタクシーに押され気味であります、満州や支那では盛んに用ひられて居るやうですが、何事もスピードを誇る現代の乗物としては不適当のものとして次第に凋落して行くのは止むを得ぬことであります。

これを見る限りでは、人力車は「二十年前頃」の大正半ばにはまだまだ健在であったようで、そうだとしたら大正一〇年建設の「豪邸」に「人力車の車夫の待つ、供待ちの小屋」があったとしても不思議はない。この資料からもう一つわかることは、一九三六年頃の使われ方としてもっぱら近距離（近所）の利用に重宝されていたということであり、池袋の家から社長宅の椿山荘までの距離が二キロメートル余りであったことを考えると、人力車が活用されたのも納得がいく。これらの点からも、小屋の存在が確認できない理由を未登記とその後の取り壊しとに求めるのもあながち強引とばかりは言えないだろう。

乱歩と坂輔男

いずれにしても、こうした来歴を持つ家を乱歩は借り受けることになったのだが、その乱歩の前にふたたび坂一族（坂輔男）が姿を現すのは、戦後、一九四八年に至って家と土地の買い取りを求められた時であった。もっとも実際に坂輔男が乱歩の前に顔を出したとは限らない。むしろ可能性としては仲介者がすべてをとりしきったと考えたほうが自然だろう。しかしそうではあるにしても、契約書はやりとりしたはずであり、「坂輔男」というどちらかというと特異な名前が乱歩の脳裏に残った可能性は高いのではないだろうか。もっとも、その一四年前の貸借の折にも同様の機会はあったわけだけれども。

そのあたりのことについて、乱歩は「戦後、持主から土地とも買い取るか立退くかどちらかにしてくれという申出があり、借金をして買取った」（「自宅増築記」『住』一九五九年一二月）とあっさりと述べているが、この結果、主屋と土蔵は乱歩の、土地は妻隆の名義となった（登記簿による）。いっぽうこれを坂一族の側から見れば、我が子のために、というかつての父の思いは無事果たされたことになる。三歳で土地の持ち主となった子（坂輔男）もすでに三五歳になっていた。乱歩とは二〇年ほどの歳の差である。だいぶ前に東高津南之町からは転居していたようだが、池袋の登記簿には反映されておらず、売買に際して兵庫県川辺郡小浜村川面字坂戸二五番地に住所変更された。現在の宝塚市栄町だが、登記簿で確認した事実とご遺族（坂輔男は二〇〇〇年に八六歳で死去）からうかがったお話とを総合すると、宝塚のそのあたりの土地は大阪の心斎橋で手広く時計店を営んでいた夫人の実家の所有地であり、その後同じ坂戸内でもう一度転居された後、一九六四年に同じ宝塚市内の中山寺に移られ、ご遺族は今も同地に住まわれている。

なお坂輔男は切手の収集家として著名で著書もあり、それらの著者紹介や『著作権台帳』等を見ると、京都大学文学部ドイツ文学科卒業後、ＮＨＫ勤務を経て、大阪府立大学等でドイツ語の教員を長く務めたことがわかる。乱歩と二度目のかかわりを持った三五歳当時はすでに子供もあり（長男は一九四四年生まれ）、宝塚に居住し、ドイツ語の教員生活も始まっていたかもしれない。

ところで切手収集家としての坂輔男の著作は、以下の三冊である。

『ぼくらの切手』（池田書店、一九五八年）
『切手収集を始める人のために』（池田書店、一九六三年）
『ヴュルテンベルクの切手　1851－1875』（外国切手研究会、一九七八年）

著作以外にも、坂輔男は昭和三〇年代の切手収集ブームの時代には雑誌『郵趣手帖』（郵趣手帖社）に登場したり、テレビの同様の番組に出演したり、というようなこともあったらしい。

ここからは単なる想像に過ぎないが、当時の少年少女たちにとっては乱歩の少年探偵団も坂輔男の切手収集もきわめて身近なものであり、熱中し、愉しむ対象でもあった。そうだとすると、不思議な縁で結ばれた乱歩と坂輔男が、ともにそうした少年少女たちの愉しみと深いかかわりを持っていたという事実は、いろんなことを想像させずにはおかない。たとえば二人はお互いに相手を意識することはなかったのか、とか。

少なくとも坂輔男は持ち家を売却した相手である乱歩の活躍ぶりを熟知していたはずであり、そのへんが「ぼくらの……」という書名に反映されていたと取れなくもない。乱歩のほうはこれに比べれば坂輔男の活躍ぶりを承知していた可能性は少ないかもしれないが、前述のように、特異な名前ではあり、可能性がまったくないとは言えないのではないだろうか。

いずれにしても、池袋の「乱歩邸」をあいだにはさんでの乱歩と坂輔男とのミステリアスな出会いと別れは、さまざまな愉しい空想の世界へとわれわれを誘ってやまないのである。

あとがき

一人のアマチュアとして乱歩研究に関わり出してから、もう一五年以上になる。もう、と言うべきか、まだ、と言うべきか、それは自分では判断がつかない。ともかく、二〇〇四年より前には一本も乱歩論を書いたことがなかったわたしが、この頃を境として乱歩論を書き出し、それをまとめたのが本書であることだけはまちがいない。

二〇〇四年頃を境として、の背景についてはご存じの方もおられるかもしれないが、当時勤務していた立教大学で隣接する乱歩邸と乱歩蔵書、諸資料を引き受けることになり、その整理保存や評価の担当を任されることになったからであった。

日本文学科の近代文学担当の教員であったのだから、順当と言えば順当な人選だったかもしれないが、本人としては大いに困惑するところがあった。当時、そうとう意欲に燃えていた研究テーマがあった。大学院時代からの明治文学に戻っていわゆる美辞麗句研究でなんとか橋頭堡を築きたい、と真剣に考えていたのである。あえて「橋頭堡」としたのは、一人で何とかなるようなテーマではない、ということがわかっていたからであった。

いま振り返ると、切なくなってくるが、二〇〇六年の『文学』掲載の「美辞麗句研究序説――森田思軒と啓蒙メディア」は、いわばそのなきがらにほかならなかった。当時はそこまでは考えもしなかったが、いま振り返ると、「序説」という言葉づかいにもにじみ出ているように明らかにそれはわたしの美辞麗句研究への未練であり、なによりもその亡骸だった。

ともかく、こうしてしばらくはみずからのテーマと乱歩研究とを並行して進めることになったのだが、自分でいうのも妙だが、それまでのわたしが清張の専門家であったことは何よりの幸いだったかもしれない。先に「一人のアマチュアとして」と述べたが、これは乱歩流の「けんそん」で、必ずしもまったくの素人というわけではなかったからである。それ以前に身につけたノウハウを生かして、清張から乱歩へ、という流れのなかで研究していくことができたからだが、実はこれはさらに遡ると、清張研究もそもそも私の若い頃からの研究テーマである水上勉研究から派生してきたものだったのである。

そしてその起源というか原点には、師である越智治雄の水上勉研究があったというわけである。だからこの流れを振り返る限りでは、わたしにとって乱歩研究は一つの必然であったと言えなくもない。しかも、勤務校の立場や方針との関連で研究テーマが決まっていく（もちろん「決める」という側面もあったが）、というのはわたしにとって初めての経験ではなかった。水上勉研究の場合も最初の勤め先が名古屋の仏教系短大であったことが大きかった。そのうえに若狭や京都に近いという地の利もあったし。

ここで話をもう少し研究そのもののほうに進めると、わたしにとって、越智治雄→水上勉研究→清張研究→乱歩研究という、考えようによっては必然の流れは、師ゆずりの、通説をひっくりかえしたり、陽の当たっていなかったところに光を当てようとしたり、といったような研究姿勢の実践の連続にほかならなかった。

わたしの乱歩研究が不自然なまでに（！）通俗長編にこだわり続けているのも、まちがいなくここに由来する。それがどの程度偏向しているか、逆に乱歩研究のバランス回復に寄与しているかは読者の判断にお任せするとして、その背景というか理由は、以上のようなことなのである。

本書が成るにあたってはいくつかの幸運に恵まれた。退職してからしばらくは漱石論を書くことが多かったが、筒井清忠氏から『昭和史講義【戦前文化人篇】』（ちくま新書、二〇一九年）に乱歩について書くことを依頼され、久しぶりに書いた乱歩論が「『探偵小説四十年』という迷宮」という副題を付けた戦前・戦中期の乱歩論だったのである。そこでは戦前・戦中期の乱歩のほかに、日頃から感じていた、『探偵小説四十年』を盲信してはだめだ、という趣旨のことを書いたが、その一部は本書の第1章にも生かされている。

その意味でこの論が本書への貴重な助走となったわけだが、この延長線上に本書をまとめるにあたっては筒井氏から背中を押されただけでなく、『昭和史講義【戦前文化人篇】』の担当編集者である松田健氏からも、全体構想も含め種々助言をいただいた。

こうしてみると、前述の越智治雄→水上勉研究→清張研究→乱歩研究の流れといい、筒井氏→『昭和史講義【戦前文化人篇】』→松田氏の流れといい、多くの偶然と必然の流れの結果として本書があることがわかる。稿を終えるにあたってそれらのもろもろに対して、心より感謝したい。

令和三年一月一一日

藤井淑禎

藤井淑禎　ふじい・ひでただ

一九五〇年生まれ。立教大学名誉教授。立教大学大学院文学研究科博士課程単位取得退学。専門は近現代日本文学・文化。著書に『純愛の精神誌』（新潮選書）、『清張　闘う作家』（ミネルヴァ書房）、『漱石文学全注釈　12　心』（若草書房）、『90年代テレビドラマ講義』（平凡社新書）、『名作がくれた勇気』（平凡社）、『高度成長期に愛された本たち』（岩波書店）、『小説の考古学へ』（名古屋大学出版会）などがあり、編著に『江戸川乱歩大事典』（勉誠出版）などがある。

筑摩選書 0209

乱歩《らんぽ》とモダン東京《とうきょう》　通俗長編の戦略と方法

二〇二一年三月一五日　初版第一刷発行

著者　藤井《ふじい》淑禎《ひでただ》

発行者　喜入冬子

発行　株式会社筑摩書房
東京都台東区蔵前二-五-三　郵便番号　一一一-八七五五
電話番号　〇三-五六八七-二六〇一（代表）

装幀者　神田昇和

印刷　製本　中央精版印刷株式会社

ISBN978-4-480-01727-7　C0395

筑摩選書
0176

ベストセラー全史【現代篇】

澤村修治

1945年から2019年までのベストセラー本をすべて紹介。小説・エッセイから実用書・人文書まで、著者と作品内容、出版事情などを紹介する壮大な日本文化史。

筑摩選書
0177

ベストセラー全史【近代篇】

澤村修治

明治・大正・昭和戦前期のベストセラー本を全て紹介。近代の出版流通と大衆社会の成立、円本ブーム、戦争と出版統制など諸事情を余さず描く壮大な日本文化史。

筑摩選書
0183

三越 誕生!
帝国のデパートと近代化の夢

和田博文

1904年、呉服店からデパートへ転身した三越は近代日本を映し出す鏡でもあった。生活を変え、流行を発信する文化装置としての三越草創期を図版と共にたどる。

筑摩選書
0189

プロ野球vs.オリンピック
幻の東京五輪とベーブ・ルース監督計画

山際康之

幻となった昭和15年の東京五輪と草創期の職業野球で、なぜ選手の争奪戦が繰り広げられたのか。未知の世界に飛び込んだ若者と、球団創立に奔走した人々を描く。

筑摩選書
0200

ずばり東京2020

武田徹

日本橋、ペット、葬儀、JRの落し物……。かつてと比べ東京は何が変わったのか。コロナ禍に見舞われるまでの約2年を複眼的に描き出した力作ノンフィクション。

筑摩選書
0202

盆踊りの戦後史
「ふるさと」の喪失と創造

大石始

敗戦後の鎮魂の盆踊り、団地やニュータウンの盆踊り、野外フェスブーム以後の盆踊り、コロナ禍と盆踊り……その歴史をたどるとコミュニティーの変遷も見えてくる。